CB142094

Flor de Minas

FLOR DE *Minas*

MARINA CARVALHO

astral
cultural

Editora
Natália Ortega

Editora de arte
Tâmizi Ribeiro

Produção editorial
Andressa Ciniciato, Brendha Rodrigues, Manu Lima e Thais Taldivo

Preparação de texto
Luciana Figueiredo

Revisão de texto
Alexandre Magalhães, Fernanda Costa, Kícila Ferreguetti e Mariana C. Dias

Design da capa
Tâmizi Ribeiro

Foto de capa
© Lee Avison / Trevillion Images

Foto da autora
Thaís Resende Fotografia

Dados Internacionais de Catalogação na Publicação (CIP)
Angélica Ilacqua CRB-8/7057

C323f

Carvalho, Marina
Flor de Minas / Marina Carvalho. — São Paulo, SP : Astral Cultural, 2024.
240 p.

ISBN 978-65-5566-534-5

1. Ficção brasileira I. Título

24-3579 CDD B869.3

Índice para catálogo sistemático:
1. Ficção brasileira

BAURU
Rua Joaquim Anacleto
Bueno 1-42
Jardim Contorno
CEP: 17047-281
Telefone: (14) 3879-3877

SÃO PAULO
Rua Augusta, 101
Sala 1812, 18° andar
Consolação
CEP: 01305-000
Telefone: (11) 3048-2900

E-mail: contato@astralcultural.com.br

"Na América portuguesa, a fidalguia não vinha do berço e sim da bolsa."
O *Tiradentes: uma biografia de Joaquim José da Silva Xavier*, Lucas Figueiredo

Nota da autora

A vila era rica; o ouro mais precioso, preto. Por isso, desafiando o recorte montanhoso e acidentado do relevo, nasceu a cidade que acabaria sendo o palco de importantes marcos da história brasileira, todos enquanto o Brasil se mantinha como Colônia de Portugal.

A natureza foi gentil ao proporcionar àquela região tantas riquezas e belezas exuberantes. Quem dera tivesse ficado por isso mesmo! Pois o homem, vestido em sua habitual ganância, driblou a paisagem desafiadora e, ali, decidiu que mudaria de vida, a despeito de tantas impossibilidades aparentes.

Perfurou montanhas, devastou matas, remexeu rios, descobriu e exportou riquezas antes apenas idealizadas. O ouro era a salvação — e o castigo — de todos aqueles que depositaram nele suas vis esperanças. A exploração desenfreada abriu feridas irreparáveis na terra e nas gentes, especialmente nos oprimidos. Engana-se quem acredita que o "período áureo" da mineração tenha proporcionado alegrias generalizadas. O ouro "brotava" na mesma proporção em que exauria fontes e pessoas. E criou muitas almas insatisfeitas.

Em uma Vila Rica que pretendia ser uma pequena Europa no interior do Brasil, cujas características únicas não permitiram, nasceu um sentimento talvez até mais forte do que a ânsia de se tornar rico e poderoso por meio do minério dourado: LIBERDADE.

Convenhamos que até liberdade tem motivações diversas. Quem dera esse ideal fosse, de verdade, um impulso pela busca de melhores condições de vida para todos! Quem dera o romantismo que ronda a palavra pudesse ser algo concreto, não apenas um modo de se interpretar o termo — e desejar que ela, a liberdade, assim o fosse, romântica. Com ou sem tal conotação, foi esse espírito que ousou sonhar com algo além, que fez surgir o primeiro movimento brasileiro a favor da independência da Colônia. Nas Minas Gerais do século XVIII...

Não falarei de destino nem de desígnios divinos. Não! Apresento aqui uma ficção entrelaçada a certos fatos que sustentaram a história da Inconfidência Mineira, tão sedutora ao meu olhar leigo e tão controversa quando procuramos entender o que realmente aconteceu. Neste texto ficcional, pincelo um doloroso período do passado brasileiro: a escravidão. Hoje, sabe-se que alguns termos tão usados antigamente não cabem mais em nossa atual sociedade, como o uso da palavra escravo ao se tratar de indivíduos. Aqui, optei por trazer na voz dos personagens favoráveis à abolição o termo escravizado, que carrega a imposição à qual a população negra, trazida à força ao Brasil, foi submetida. A mesma lógica foi empregada no uso dos termos índio — palavra carregada de estereótipos — e indígena, que respeita a diversidade e especificidades de cada povo

Também cito pessoas e outros fatos históricos neste livro, e peço que me desculpem pelas possíveis falhas. As pesquisas foram minhas companheiras do começo ao final da jornada que percorri entre os anos de planejamento e meses de escrita deste romance. Mas costurei os fatos com minha imaginação, pois trata-se de uma ficção realista — ou seria um realismo fictício?

Entre comigo nesta máquina do tempo, ainda que não tenha sido minha intenção ser completamente fiel aos fatos. Se for esse seu objetivo, leitor, conhecer a história tal qual ela é, você encontrará, ao final, a biografia que utilizei para aumentar minha bagagem de informações e conhecimentos.

Marina Carvalho

Capítulo 1

Lá em cima do altar
O santo escuta as preces
Do homem pecador

Embora de joelhos
Em sinal de humildade
Esse homem é um aproveitador

Na igreja, ele se faz de puro
No governo, todos sabem,
Age como opressor

O santo de olhos tristes
Observa o homem falsamente contrito
Que dissemina a dor

"Santo do pau oco", por Flor de Minas

Ela não se considerava boa o suficiente para se chamar de poeta, mas os anseios eram legítimos, apesar de seu berço e sua feminilidade irem contra o papel que gostaria de representar na sociedade.

Então Isabel escrevia.

A pena deslizava com fúria pela folha, quantas e quantas vezes fossem necessárias, formando pilhas sobre o toucador que a jovem fazia de escrivaninha nas horas mais tardias, escondida de todos no casarão.

Se ela não fosse Isabel, mas, sim, Luiz, seu irmão que vivia em Coimbra, usaria a clandestinidade apenas para esconder sua identidade do governo, como fazia o autor das infames *Cartas chilenas*. Ela desejava tanto descobrir quem era ele! Mas, sendo mulher, uma dama — como a mãe e as irmãs faziam questão de frisar —, precisava daquela máscara para se manter escondida e, assim, perpetuar sua maneira de orquestrar um levante contra os desmandos da Coroa personificada no governador de Minas.

Isabel releu o poema e decidiu que o manteria daquele jeito mesmo, a despeito da qualidade bastante questionável.

— Eu não ambiciono ser Shakespeare — falou para si mesma, enquanto se preparava para reproduzir mais cópias de "O santo do pau oco".

Como uma mocinha vivendo no interior da gigante Colônia portuguesa, sem imprensa e sem escolas, poderia ser tão instruída? Isso só foi possível porque Isabel tinha um pai que optou por conceder educação às filhas, embora somente a caçula tenha dado valor a tão raro e precioso presente. Ao único "filho varão" couberam os estudos das leis em Coimbra — o sonho de Isabel.

Os livros, cujas palavras consumia vorazmente, ficavam na biblioteca de um padre muito próximo da família Rodrigues. A essa biblioteca, sustentada pela erudição do pároco, Isabel tinha acesso irrestrito, e foi assim que se educou a ponto de passar a não dormir, incomodada com os rumos pelos quais percorria a humanidade.

Se, por ter nascido mulher, entrego meu destino ao sabor dos homens, como imagino um futuro a não ser subjugada às vontades dos que me querem dominar?, Isabel rabiscou em uma folha em branco, para depois amassá-la e lançá-la ao cesto de lixo. Mais tarde, se encarregaria de queimar o papel, como sempre, de modo a não deixar pistas de sua rebeldia.

Ninguém — a não ser pelo padre Guimarães e por Luiz, o querido irmão que vivia tão longe — conseguia compreender

Isabel. Não fossem os livros da biblioteca do clérigo e as cartas impregnadas do espírito revolucionário do irmão, talvez ela tivesse crescido despreocupada e feliz, apenas esperando a vida se desenrolar segundo os caprichos do destino.

Cansada da maçante tarefa de transcrever seu novo poema dezenas de vezes, Isabel largou a função, prometendo a si mesma que faria outras cópias mais tarde. De repente, sentiu apertar no peito uma saudade tão grande do irmão que concluiu que era hora de lhe mandar notícias.

Meu querido Luiz,

Cercada pelas montanhas, que ao mesmo tempo inspiram e oprimem, cá estou a desejar um destino diferente. Transformo em palavras mal-escritas cada partícula de angústia que comprime meu coração. Não me adapto a este mundo, estou mais do que certa sobre isso.

Há pouco tempo, soube que mamãe sofreu demasiadamente para dar-me à luz. Domingas confidenciou-me à boca miúda que o parto se prolongou tanto que houve momentos de perda de fé. Pensaram que mamãe ou eu — ou ambas — morreríamos.

Tu estás a par desse acontecimento?

Pois bem. Horas mais tarde, quando vim ao mundo, parece que cheguei aos berros, não como um recém-nascido igual aos outros, que chora por lamentar o abandono forçado do ventre materno. Fiz escândalo. Chamaram-me de irrequieta. Mamãe temeu que eu sofresse dos nervos, como a nossa avó Antônia.

Se é verdade que cada um de nós já nasce com seu destino traçado, minha convicção é de que o meu é uma folha de papel em branco. Padre Guimarães, seguidor das ideias do jesuíta dos tempos remotos, padre Antônio Vieira, costuma ralhar comigo constantemente, porque falo o que penso. Ora, pura carolice! Uma mente dada a modernismos não se conforma com preceitos preestabelecidos. Acaso estou a dizer bobagens?

Nasci mulher. Deveria, pois, agir como uma, a suspirar por um casamento romântico com o homem ideal. Dever-me-ia lançar em devaneios e suspirar pelos cantos da casa, a sonhar com um futuro perfeito, como o fazem nossas duas irmãs avoadas. Sabe que Carlota se casará em breve? Está toda radiante, a pequena garça. O noivo? Um português abastado e bonito. Seu olhar lembra o de uma ave de rapina. Não gosto dele.

Querido Luiz, sinto tua falta. Tenho rogado à Virgem Maria que me conceda uma destas duas graças: ser leviana, de modo que, a viver na ignorância, eu possa gozar das singelezas da vida; ou ser liberta, tal qual os escravizados que papai alforriou.

Responde tão logo seja possível, Luiz.

Com afeto e com amor,

Isabel

Nem sempre Humberto se sentia bem entre os homens que se reuniam para tramar contra o governo português. Não porque não concordasse que era hora de cortar as amarras da dependência. O que o incomodava eram os motivos de cada um. Muitos preocupavam-se somente com os benefícios que poderiam tirar de uma possível emancipação política e econômica. Pouca ideologia, egoísmo de sobra.

— Necessitamos da adesão de São Paulo e do Rio de Janeiro — decretou um dos presentes. — As forças unidas trarão os resultados que almejamos.

— Com São Paulo e Rio de Janeiro, Minas Gerais ficará cercada contra possíveis ataques do governo — acrescentou um outro, com pinta de homem importante.

Nem todos pertenciam ao mesmo círculo social e, muitas vezes, as discrepâncias econômicas geravam embates homéricos.

Ouvindo a acalorada discussão entre os presentes na reunião daquele dia, mais uma vez em torno da mesa de gamão no deslumbrante solar da rua São José, propriedade de Eugênio Rodrigues, o homem mais rico da capitania, Humberto voltou sua atenção aos poemas de escárnio escritos por Flor de Minas, alguém que tinha a Coroa portuguesa e o atual governador em péssima conta.

Ao rico, tudo!
Ao pobre, bananas!
E Barbacena enche a pança enquanto admira
o azul anil do céu mineiro.

Em se tratando de talento e estilo, o tal poeta não era dos melhores. Mas compensava a falta com uma coragem que quase beirava a insanidade.

Ninguém sabia quem se arriscava no meio da noite distribuindo acintosos poemas por sob as portas dos moradores de Vila Rica, embora estivesse óbvio, justo pela carência de aptidão para a escrita, que não se tratava dos três artistas do movimento: Tomás António Gonzaga, Alvarenga Peixoto e Cláudio Manuel da Costa; esses, sim, conceituados mestres na arte literária.

Quem, por Deus, andava se arriscando tanto, ainda que clandestinamente? Por acaso não temia represálias? Afinal, a alcunha do governador estava lá, escrita com todas as letras, para qualquer um que soubesse ler.

Quem, entre o grupo de inconfidentes, era *Flor de Minas*? Haveria de ser um daqueles homens. Talvez Tiradentes? Humberto, por um momento, chegara a pensar nessa possibilidade. Mas a descartou, uma vez que Joaquim José da Silva Xavier, o mais entusiasmado entre os conjurados, não era letrado o suficiente.

O jovem idealista não tinha a resposta, apesar de admirar o pouco talentoso e clandestino poeta, que usava um pseudônimo tão romântico e, em contrapartida, tinha uma língua que era puro fel. Ele mesmo, o próprio Humberto, tinha seus segredos. Depois de morar por anos na Europa como estudante em Coimbra, em contato com os cábulas — alunos brasileiros que deram os primeiros passos pensando na emancipação do Brasil —, ao retornar à Colônia, trouxe consigo ideais que transformou em ação.

Ainda que a imprensa fosse proibida em território brasileiro, Humberto escrevia um folheto de notícias, mantendo a população da comarca informada e ciente das injustiças cometidas por Portugal, como a cobrança desproporcional de impostos sobre o ouro. O jovem advogado produzia a publicação semanal em um cômodo do lado de fora do casarão onde morava com a mãe e as irmãs, que nem imaginavam no que o único homem da família estava metido.

Em meio a suas divagações, Humberto foi surpreendido por um olhar que vagava curiosamente entre os membros da reunião. Ainda que tentasse parecer indiferente, permanecendo à sombra das cortinas que cobriam as janelas do cômodo, ele a flagrou bisbilhotando. E quando a mulher notou os olhos astutos dele sobre si, empinou os ombros e bateu em retirada.

Isabel! Ao dar nome à pessoa em questão, Humberto revirou os olhos. Sempre espreitando, como uma lagartixa obscurecida na penumbra.

— Precisamos de pólvora!

— Precisamos disseminar a ideia de insurreição!

— Abaixo a derrama!

Humberto nada dizia, somente observava e anotava em seu pequeno bloco a narrativa que se desenrolava sob seu testemunho.

Documentar era sua obrigação ali no grupo, e ele tomava cuidado de usar códigos que evitariam a descoberta dos planos pelos adversários.

Ele não sabia, porque não percebia, mas outra pessoa fazia a mesma coisa, camuflada na escuridão. Em breve, Isabel se transformaria em Flor de Minas, e transmutaria a realidade em sua grotesca poesia.

Capítulo 2

A flor dourada que brota da terra
Como erva daninha que encobre o chão
Tanto seduz quanto mata
Coroa brilhante de flores sobre túmulos
Preciosidade macabra da mineração

Estrofe do poema "Derrama da morte", por Flor de Minas

Isabel não havia dormido uma ave-maria sequer na noite anterior. Depois do jantar, cuja fartura da mesa posta contrastava com o vazio da cadeira de Luiz, dolorosamente posicionada diante da sua, ela, como todos os demais membros da família, dirigiu-se ao quarto, pronta para *supostamente* repousar.

Despediu-se com um "boa noite" às irmãs e "a bênção" aos pais, de modo tão angelical que quase convenceu dona Hipólita, que conhecia a caçula muito bem.

— Deus te abençoe — replicou a mãe, com uma entonação de voz suave, cujo timbre intimidador só pôde ser captado por Isabel.

A moça esboçou um sorriso recatado, coisa de menina comportada e obediente, tudo o que no íntimo ela não era. Pelo menos, evitou nova pregação de dona Hipólita, situação corriqueira na vida de Isabel.

Em vez de pegar no sono, passou a madrugada inteira escrevendo e rabiscando palavras de protesto contra a Coroa portuguesa e o governo mineiro, produzindo e odiando, na mesma proporção, as palavras acusatórias que tingiam o papel. Apenas quando os pássaros despertaram, emitindo agudos sincrônicos aos primeiros sinais do amanhecer, Isabel se conscientizou de que passara a noite em claro. Agora, estava com os olhos pesados, a cabeça anuviada e as mãos manchadas de tinta preta.

Pela Virgem!

Logo, logo Domingas bateria três vezes na porta, bastante determinada a desencorajar qualquer pessoa propícia a se atrasar para o café da manhã — especialmente Isabel. A tradição de fazer as refeições em família era rigorosamente seguida pelos Rodrigues. Acontecesse o que acontecesse, ninguém tinha permissão para evitar as reuniões em torno da mesa, três vezes ao dia.

Isabel não queria cometer tal *pecado* matinal, pois sabia que o castigo viria a cavalo, nem tanto pelo pai, um homem adepto a tradições, mas bem mais maleável que a esposa. Era a mãe quem desempenhava o papel de fiscalizadora das regras, a propagadora dos costumes, o rigor em pessoa.

Quando pequena, Isabel apreciava a vida ao ar livre. Ela se encantava pelo movimento das ruas da vila, a profusão de pernas e vozes que estampava com cores e sons o cenário em torno do belo solar da rua São José, do qual quase nunca podia sair, a não ser acompanhada por alguém da família ou um dos criados. Então, contentava-se em fazer do alpendre seu camarote com visão privilegiada para a vida.

De tanto observar, aprendeu a concluir por si só. Percebeu que as pessoas eram diferentes e que, por isso, também recebiam tratamentos diferentes. Viu gente sendo açoitada e açoitando, e deduziu que os papéis estavam intimamente ligados à cor da pele, situação financeira, sobrenome e gênero. Foi assim que a pequena descobriu o que era ter raiva. Contudo, na época, ela não reconhecia a origem desse sentimento, ou apenas não conseguia nomear. Ainda.

— Isabel, o que fazes trancada no quarto a esta altura da manhã?! Acaso perdeste o juízo de vez?

Ó, não! Isabel não conseguira se adiantar à ira de Domingas!

— Apressa-te que a mesa está posta e teus pais te esperam!

— Irei já! Irei já, Domingas! — respondeu ela, o coração fora de compasso. — Eu me atrapalhei com as vestes...

— Se acordasses mais cedo, nada haveria de te atrapalhar — resmungou Domingas, cujo som dos passos pelo corredor diminuía à medida que a governanta se afastava da porta do quarto.

Isabel sabia que estava em apuros e que o atraso lhe custaria a permissão para passar a tarde na casa paroquial — ou, melhor, na biblioteca da casa paroquial. Para evitar penoso castigo, escolheu o vestido que a mãe mais apreciava e pôs um sorriso de menina obediente no rosto, embora o nariz arrebitado contradissesse, em silêncio, o ar forçadamente angelical.

Com a respiração um pouco entrecortada, encontrou pais e irmãs em silêncio em torno da mesa, sem tocar no pomposo café da manhã disposto com esmero e muita fartura.

— Que desculpa é a de hoje para o tardar da hora? — indagou dona Hipólita, aquela que jamais amenizava o clima, rígida feito uma vareta de bambu.

— A tua bênção, papai. A tua bênção, mamãe.

Isabel beijou a mão de ambos, antes de responder:

— As vestes... Não consegui me vestir com agilidade. Peço-vos perdão.

As irmãs mais velhas esconderam o sorriso por trás das mãos. Apesar de conhecedoras profundas das artimanhas da caçula, nunca deixavam de se surpreender com ela.

— Senta-te e come. E, por Deus, Hipólita, a menina não cometeu pecado algum — disse Eugênio, evitando o começo de um longo sermão.

— Valha-me, Virgem Santíssima, pois não sei até quando meus nervos aguentarão!

Dona Hipólita era dada a exageros, adepta à prática de externar seus dramas com a intenção, consciente ou não, de comover. Dava chiliques constantemente pelas mínimas coisas. Administrava o casarão, que deveria estar sempre impecavelmente limpo, e acompanhava o trabalho na cozinha, desde a escolha dos itens que entravam, bem como o modo como tudo era preparado. Não aceitava nada menos que a perfeição. Contudo, como alcançar esse intento era tarefa inglória, a matriarca da família Rodrigues vivia com os nervos estremecidos, o que afetava todos ao redor. Até as filhas mais velhas, bastante enquadradas nos padrões, vez ou outra reclamavam do comportamento da mãe.

Mas era Isabel a que mais sofria perseguição, não em vão, obviamente. Uma moça como ela — inteligente, perspicaz, empática, com opiniões próprias — requeria trabalho dobrado.

— Sr. Rodrigues, devo-te deixar a par da dor mais profunda que sinto na cabeça. Meus miolos estão a me matar! — queixou-se dona Hipólita, começando mais uma sessão de puro drama.

— Toma um chá, Santinha, toma um chá — aconselhou Eugênio, refreando um suspiro.

Todos os dias eram iguais. Se não fosse no café da manhã, seria na hora do almoço ou do jantar. Hipólita, sua esposa há tantos anos — chamada por ele de Santinha —, não poupava os ouvidos do marido de suas reclamações.

— E de que me serve um chá, se a causa dos meus males é a rebeldia desta menina?

Isabel se encolheu na cadeira, trocando olhares furtivos com o pai.

— Ora, Santinha, a menina não é rebelde, apenas um pouco... letrada.

A intenção dele era dizer ousada, mas se impediu a tempo, com medo de que o peso da palavra piorasse a situação.

— Pois não é justamente aí que está o problema? — ressaltou a esposa, colocando uma das mãos na testa, sinalizando uma piora no estado emocional. — Qual é a necessidade de uma moça ser letrada? Luiz... este, sim, será um doutor, afinal é o único filho homem que temos, com as graças de Deus.

Dona Hipólita não sabia — ou não se importava —, mas feria profundamente o orgulho das três filhas sempre que exaltava a bênção que recaiu sobre a família quando Luiz havia nascido. Embora as outras duas fossem bem mais simplórias do que Isabel, esta não conseguia refrear a mágoa, inteligentemente guardada, pelas duas não serem, assim, declaradamente rebeldes também.

— Se não fosses tão condescendente, a menina teria saído às irmãs.

Eugênio Rodrigues não se atormentou com a acusação, pois não era a primeira vez — nem seria a última — que era obrigado a ouvir tal disparate. Limitou-se a passar o guardanapo de linho pelo volumoso bigode umedecido pelo café.

Enquanto isso, a canela de Isabel foi atingida por um chute, desferido por uma das irmãs. Não foi difícil identificar a autora da gracinha, pois Carlota, considerada a mais angelical das três moças, encobria um sorrisinho com a delicada mão ornada pelo anel de noivado.

— A menina já tem idade para se casar. Creio eu que um marido corrigiria a personalidade dada à independência.

— Papai! — protestou Isabel, o corpo inteiro pulsando de pavor.

— Casamento é o destino de todas as moças de boa família — disse dona Hipólita, em tom professoral. — Ou queres estudar do outro lado do mundo, como um rapaz?

— Preferiria!

— Isabel... — reprimiu o pai. — Não sejas impertinente.

— Papai, não posso me casar, pois não amo ninguém — choramingou ela, suplicando apoio.

Dona Hipólita riu com escárnio.

— Casamento por amor só existe nos famigerados romances que andas a ler. No mundo em que vivemos, minha filha, casa-se primeiro e os sentimentos vêm depois.

— Basta! Esta é uma hora sagrada, o momento da primeira refeição do dia. Deixemos assuntos espinhosos para outra ocasião.

Dona Hipólita não ousou discutir, mas expôs contrariedade levando as duas mãos ao peito, sinal de que os nervos se encontravam em frangalhos — puro teatro.

Dessa vez, Isabel recebeu não só um, mas dois chutes por debaixo da mesa. Ambas as irmãs não resistiram a provocar a caçula, que retribuiu com uma careta muito bem disfarçada. Mais tarde, fariam piada da situação.

Capítulo 3

Derrama, Deus, o vosso amor sobre nós!
Derrama, Senhor, a vossa misericórdia!
Só não derrama, Pai, a cobiça
Se bem que isso quem derrama é a Coroa
Agente das atitudes mais vis
E de uma ganância atroz

Estrofe do poema "Derrama da morte", por Flor de Minas

Isabel, minha mais querida irmã,

Tu não pertences a esse mundo, de fato. Não me refiro ao mundo em que toda a humanidade vive. Falo do pedaço de chão enraizado no coração da Colônia, da terra sugada pelos cobiçosos, erguida sobre dores e exploração.

Já cheguei a desejar que tu fosses igual às mocinhas de família, mas acabo por rir desse desejo vão. Isabel suspirando de amores? Isabel envolvida com bordados e pinturas? Isabel prendada? Consegues imaginar? Prefiro a minha miúda Isabel sabida, tomada por ideais, cujas façanhas não posso expor neste pedaço de papel.

Sim, recordo-me do teu nascimento. Por um par de horas, acreditamos que tu e mamãe não resistiriam. Porém, tu és ousada até para enfrentar a morte, contra a qual não há muitos antídotos. Teu choro ecoou pelas montanhas de Vila Rica, a enlouquecer até mesmo as almas dos antepassados. Nossa amada mãe temia que tu tivesses problemas de nervos — problemas reais, não como os dela; sabemos que a pobre exagera. Fato é que a caçula da família tem mais fibra que a maioria dos homens que saem por aí a se chamarem de corajosos.

Não temas por teu destino anuviado, minha pequena. És jovem e és brava. Tua vida não passará em brancas nuvens. Estou do teu lado, por todo o sempre.

A propósito, do lado de cá do oceano, não estamos indiferentes aos acontecimentos daí, mas não posso ser claro contigo, não por escrito. Pois saibas que estou bem, a tentar fazer o que considero correto e justo.

Não te ponhas em perigo, minha querida irmã. Sei bem quão solitária tu és, tu e teus ideais. Tem cautela. E apenas mais um conselho: não enfrentes nossa mãe. A fúria de dona Hipólita aparenta ser tão avassaladora quanto a de inimigos atrozes — perdoa-me o exagero.

Sinto tua falta.

Espero estarmos juntos em breve.

Com amor,

Luiz

O bicho-pau tem a singular capacidade de passar despercebido na natureza. Com sua aparência quase idêntica à de um graveto, ele “desaparece” aos olhos dos predadores. Além disso, consegue ficar imóvel por horas, como o galho seco de uma árvore em uma tarde sem vento.

O sapo-folha também não se mostra facilmente. Suas cores terrosas fazem com que ele se misture às folhas secas caídas ao chão das florestas úmidas.

Dois animais de muita sorte, segundo a opinião de Isabel, uma dedicada observadora da vida. E, naquela noite de reunião dos conjurados, ela se sentia mais bicho-pau do que sapo-folha, pois precisava permanecer camuflada e estática pelo tempo que lhe fosse necessário.

Uma hora antes, pediu a bênção aos pais e se despediu de Domingas e das irmãs, fingindo estar pronta para ir para a cama. Usava um robe sobre a camisola, e o cabelo longo e escuro estava trançado, depois de escovado com esmero. Ninguém duvidaria de que a moça cairia em um sono profundo em alguns instantes, nem mesmo a astuta dona Hipólita. Apesar de Isabel não ser vista com bons olhos pela mãe, esta, nem no mais alto grau de desconfiança, imaginaria no que a caçula andava metida. Gostar de ler e não querer se casar sem amor não se igualavam a se infiltrar em um movimento revoltoso contra a Coroa portuguesa.

Assim que a movimentação do sobrado arrefeceu e Isabel teve certeza de que, com a exceção do pai, todos dormiam, ela trocou a camisola por uma calça escura e uma camisa larga, enfiou os pés em botinas de couro marrom e prendeu o cabelo, agora encobertos por um chapéu ordinário. Todos esses itens ficavam escondidos embaixo de uma tábua solta do piso de seu quarto, amoitada sob a cama.

Precisou de uma boa dose de coragem para se esgueirar pelos cômodos da casa, feito um camundongo, até alcançar o salão onde os encontros costumavam acontecer. E tamanha foi sua surpresa ao ver o pai se dirigindo aos fundos do casarão, sozinho, ganhando a escuridão da rua a passos largos. Sem refletir por um mísero segundo, Isabel o seguiu, passando-se facilmente por um garoto miserável, o qual não despertava sequer uma segunda olhadela. Ainda assim, tomou todo o cuidado possível para se manter invisível enquanto perseguia o próprio pai pelas ruelas de Vila Rica.

Eugênio Rodrigues levou dez minutos para chegar a um beco sem saída e entrar por uma portinhola pouco aparente. Antes, perscrutou o entorno, certificando-se de que estava só. Acontece que ele não era o único ali. Se não fosse mais cuidadoso, da próxima vez, poderia não ser sua filha a intrusa.

De uma coisa Isabel tinha certeza: tentar passar pela mesma porta seria muito arriscado, então precisava dar um jeito de descobrir que lugar era aquele de outra maneira.

Andou sorrateiramente, pisando com a ponta dos pés, até o fim do beco. Seu coração parecia estar prestes a saltar para fora do peito. Ela sentia medo e ansiedade, mas não se permitiu questionar por que não desistia e corria de volta para casa. Caso fizesse a si essas perguntas, certamente não hesitaria em buscar a segurança a qualquer custo. Portanto, prosseguiu com o objetivo de encontrar outra passagem para o interior do local onde o pai se enfiara.

Como a noite não era de lua cheia e Isabel não levava consigo coisa alguma que iluminasse o caminho, a escuridão era tal qual uma fera devoradora e impiedosa. Ignorando o pavor que insistia em paralisar suas ações, a moça usou as mãos para procurar uma abertura pela parede de pedra. Culpou-se por não usar luvas grossas, o que evitaria os sobressaltos cada vez que sentia algo úmido ou pegajoso sob seus dedos delicados.

Durante essa batalha entre o medo e a determinação, em que o primeiro dava sinais de vitória, uma fenda estreita, mas não a ponto de não caber uma pessoa pequena, foi encontrada no limite entre o muro e a rocha que dava fim ao beco. Animada com o achado e tomada de adrenalina, Isabel fez uma dancinha desajeitada segundos antes de respirar fundo e se enfiar na fenda. Se falhasse, morrendo asfixiada ou sendo descoberta, o que seria dela? Sabia que não a glorificariam. Morta, a família sentiria vergonha da filha nada convencional; viva, mas capturada, acabaria rejeitada pela mãe — talvez até pelo pai.

Isabel lutou contra essas preocupações enquanto seguia adiante. Por ora, havia uma missão que ela precisava completar.

Além disso, tinha que se manter respirando, ainda que o ar naquele buraco fosse escasso. Para não entrar em pânico, pensou nas montanhas de Vila Rica, no pico proeminente que se destacava no horizonte da região, o imponente "menino de pedra", batizado pelos indígenas de Itacolomi. Isabel era fascinada pelo monte e não raramente se imaginava chegando ao topo da rocha maior, livre como uma águia solitária.

O devaneio ajudou, pois Isabel permaneceu firme até ser surpreendida por uma luz entrando pelo outro lado da fenda, sinal de que havia saída, ou, dependendo do ponto de vista, havia entrada para onde estava o pai. Com mais cuidado ainda, ela se aproximou o bastante para enxergar pela fresta e ouvir as conversas abafadas, mas não tanto a ponto de acabar descoberta. Então, transformou-se em um bicho-pau: camuflada, imóvel e atenta.

— Não suportamos mais arcar com tantos impostos! — esbravejou alguém. — É impossível manter a cota anual de cem arrobas de ouro! A Coroa está a nos enforcar!

— E de nada adiantou a carta enviada pela Câmara de Sabará ao Reino. Sua Majestade não compreende que as fábricas minerais já não correspondem à grandeza dos tempos passados.

Embora os ânimos parecessem exaltados, por um instante o silêncio prevaleceu. Era um grupo formado por sujeitos pensantes que costumava analisar a maior quantidade possível de aspectos.

— É um vexame sermos submetidos a cobranças extorsivas!

Isabel reconheceu a voz do pai, cujo timbre lembrava os graves de um violoncelo. Ela se orgulhava da postura dele e de sua persistência em tentar melhorar a vida do povo. Sabia que alguns membros do grupo tinham interesses individualistas, que almejavam o próprio bem — e a manutenção de *seus* bens. Não os condenava. Abraçar uma causa não significa que todos os envolvidos eram movidos pelo mesmo ideal. Sendo assim, Isabel guardava sua admiração para poucos, e um deles era o pai, pois o que o motivava não se restringia aos próprios prejuízos nem aos abusos da Coroa direcionados a seus negócios.

— E as Minas encontram-se cadavéricas! — continuou Eugênio Rodrigues, um pouco mais exaltado. — A terra foi toda revolvida; ribeiras, desviadas; encostas, carcomidas! A mineração deixou tudo fora do lugar: o nosso lar, a terra que deixaremos para as novas gerações. É preciso conter a Coroa!

— Coroa perdulária! — outro gritou. — Quem é que sustenta os caprichos do Reino? Até a cerimônia de aclamação da rainha foi financiada pelo ouro de cá!

Isabel entendia o raciocínio dos revoltosos. Assim como eles, ela também se indignava e queria agir. Claro, se tivesse nascido homem, estaria entre eles, contribuindo com ideias e atitudes. Tinha energia suficiente para comandar o grupo inteiro, suspeitava. Pelo menos, ela tinha seus poemas pobres. Flor de Minas vinha alcançando um público cada vez maior. Sabia disso, pois ouvia comentários em casa, quando o pai se reunia com homens da vila.

"Flor de Minas... Quem haverá de ser o insano? Embora ocultado pela alcunha delicada, o governo não o poupará dos piores castigos tão logo descubra sua identidade."

"Ele não é talentoso com as palavras, contudo é direto. Até um sujeito menos letrado consegue compreender o teor de suas críticas."

"Decerto é um dos nossos, não o Gonzaga ou o Alvarenga, pois desses conhecemos o talento. É provável que se envergonhe pela falta de estilo."

"Ou não tenha confiança suficiente."

Sempre surpreendia Isabel esse tipo de conversa sobre Flor de Minas. Primeiro, porque, sob hipótese alguma, imaginavam que uma mulher estivesse por trás dos poemas acintosos. Obviamente, mulheres não eram cogitadas em nenhuma situação além daquelas que lhes cabiam. Ainda assim, era um choque constante para a jovem ouvir tais declarações. Em segundo lugar, impressionava o alcance das próprias palavras e o quanto elas vinham sendo levadas a sério. Se um dia sua identidade acabasse descoberta, o castigo seria proporcional à indignação dos homens por terem sido achincalhados por uma mulher. Mas nem isso a intimidava. Estava disposta a ir cada vez mais longe, sem calcular as consequências de tamanha ousadia.

Da fenda no muro, Isabel ficou a par dos novos passos do grupo de revoltosos. Gostaria de tomar notas, mas mal dava para respirar naquele cubículo. Assim que retornasse para casa, colocaria no papel — de modo cifrado, pois não era estúpida — as novas ideias. Decidiu, então, que já passava da hora de fazer o caminho de volta. Poderia ser descoberta a qualquer momento.

Estava eufórica, louca para escrever. Apesar de lhe faltar originalidade, estilo e talento, Isabel tinha paixão pelas palavras. Não sentia apreço pelas pessoas, ou melhor, pelas relações sociais superficiais. Abominava conversas vazias só para manter as aparências durante chás e bailes, e tinha horror a casamentos arranjados. Horror!

Morria de medo de que um dia acabasse vencida pelas convenções — e pelo poder opressor da mãe. Preferiria viver enfiada em uma gruta a se casar por obrigação.

Tanto a adrenalina do momento quanto suas divagações deixaram Isabel um tanto distraída ao sair da fenda no muro e caminhar para fora do beco. Sendo assim, não percebeu que, mesmo sob a escuridão daquela noite e vestida como garoto, alguém tinha notado sua existência.

Capítulo 4

Aquele que a boca maior tem
Abocanha o maior pedaço
E se a mão for grande
A dor do tapa dói mais ainda
Fidalguia? Isso acaso importa?
As gentes valem o quanto pesam suas bolsas

"Poeminha realista", por Flor de Minas

Setembro chegava deixando os ventos de agosto para trás, ventos que assoviavam entre as montanhas, traçando curvas e redemoinhos, levantando poeira e tirando pessoas do sério. Fria por si só, a ventania deixava Vila Rica ainda mais introspectiva e com ares misteriosos. Há quem dissesse que a cidade era atormentada pelas almas dos antepassados, dos oprimidos.

Pessoas asseguravam que, ao meio-dia em ponto, dentro da igreja de Santa Efigênia, estando ela fechada ou não, ouvia-se a conversa de negros minas, assim identificados por conta do sotaque característico. Padres que desapareciam na porta da capela, tambores e cantos que ecoavam pelos becos, igrejas que brilhavam na escuridão da noite, inúmeras crenças preenchiam o imaginário e sustentavam o medo dos moradores do lugar.

Contudo, era setembro, e a atmosfera começava a transparecer um clima mais festivo. Com a temperatura um pouco mais elevada e os ventos escassos, a temporada de bailes estava prestes a reiniciar.

A Casa da Ópera de Vila Rica, inaugurada poucos anos antes, recebia grandiosos eventos, frequentados pelos mineiros mais poderosos e até por gente que vinha de fora, atraída pelo ouro e pela euforia. Algumas composições de Mozart não raramente eram executadas lá, sendo ele vivo ainda. O lugar era pomposo, metido a europeu, muito diferente das catinguentas tabernas da vila. Então, os filhos da elite adoravam ver e serem vistos nos corredores da exuberante Casa da Ópera. Negócios e casamentos costumavam acontecer ali, entre um gole de *prosecco* e uma mordiscada de canapé.

Como o homem mais ilustre da capitania, Eugênio Rodrigues e sua família sempre marcavam presença nas festividades na Casa da Ópera. Eram os mais esperados e abordados pelos demais frequentadores, o que, por motivos diferentes, cansava tanto Eugênio quanto a esposa e suas meninas. Dona Hipólita aproveitava as ocasiões para estreitar laços com mulheres cujos filhos — abastados e jovens — pudessem ser potenciais maridos para as filhas. Foi assim que negociara o casamento de Carlota.

Isabel, por outro lado, aguçava a audição, de modo a captar qualquer conversa à boca miúda entre os conjurados, que compareciam em peso aos eventos. Ainda que seu principal interesse fosse o movimento contra o Reino, muitas vezes ela se perdia nas histórias daquele que era um de seus favoritos no meio dos revoltosos. O sr. Inácio José de Alvarenga Peixoto parecia nutrir um encanto muito especial pela esposa, a sra. Bárbara Heliodora. Ouvi-lo falar dela fazia Isabel, de tempos em tempos, desejar o mesmo tipo de amor.

— Como és bela, pequena! Porém, esta noite, tu te superaste em graciosidade — disse ele a Isabel, que sentiu o rosto corar de embaraço. — Será um rapaz de sorte aquele que conquistar teu coração.

— As mulheres não necessitam ter o coração arrebatado, sr. Alvarenga — retrucou dona Hipólita, educadamente, embora com a expressão sisuda. — Basta que as famílias lhes arranjem matrimônios vantajosos e que sigam as leis de Deus.

— Pois sim, pois sim — concordou o poeta, apenas para não contrariar a esposa do amigo.

Isabel moveu os lábios, pronta para expressar a própria opinião, mas desistiu assim que captou o sutil sinal enviado pelo pai. Ambos tinham consciência de que era tarefa inútil tentar persuadir dona Hipólita.

Acomodados no melhor lugar da Casa da Ópera, um magnífico camarote pertencente à família, os Rodrigues podiam observar tudo ao redor — e eram igualmente observados. Vez ou outra, alguém parava para cumprimentá-los e trocar algumas palavras com Eugênio, que sempre agia com simpatia. Apesar de rico e ilustre, ele era um homem justo e de pouca pompa. Um de seus maiores feitos — para o horror de boa parte dos ricos moradores da capitania — foi ter alforriado todos os homens e mulheres que trabalhavam para ele como escravizados. Desde então, eram trabalhadores assalariados, muitos vivendo como colonos nas terras do sr. Rodrigues.

Escandalosa! Assim foi julgada a atitude dele, que ignorou solenemente todas as críticas, explícitas ou veladas. Por outro lado, Eugênio Rodrigues passou a ser mais admirado no meio do povo e entre aqueles que tinham ideais semelhantes aos dele.

— Este salão está repleto de rapazes adequados, sr. Rodrigues, mais do que das outras vezes em que cá estivemos.

Eugênio soltou um suspiro, demonstrando impaciência.

— Adequados a quê, Santinha? São apenas moços, como todos a andar por aí.

— Não, senhor. Estás enganado — contestou ela, abanando o leque com mais força. Seu objetivo não era espantar o calor, mas, sim, tentar conter a ânsia de falar sobre esse assunto de maneira mais enérgica. — As ruas desta cidade estão tomadas de negros, e índios, e uns mais amarronzados. Acaso esses são iguais aos distintos rapazes que vemos transitar pela rua das Mercês?

— Mamãe! — Isabel não conteve a repreensão. — Que horror!

— Por Deus, Santinha, tu falas como uma leviana.

A mulher bateu com o leque no ombro da caçula e franziu o cenho para o marido, recusando-se a ouvi-lo.

— Não aceito que minhas filhas sejam esposas de qualquer um. E não venhais com vossos discursos humanitários. Prezo pelo futuro delas, pela maturidade tranquila de cada uma. — Dona Hipólita voltou a abanar o leque com bastante vigor. — Com as graças da Virgem Maria, Carlota já está encaminhada. Essa tem juízo, enfim.

Isabel lançou à irmã um olhar fulminante, retribuído com uma careta, brincadeira que sempre faziam para provocar uma à outra.

— Faltam Maria Efigênia e Isabel.

— E Luiz! — completou Eugênio.

— Luiz é homem, muito embora precise criar juízo também.

Isabel estava farta daquela conversa. Além da impaciência, o vestido cor de flor de pessegueiro lhe roubava o ar. O que não faria para escapar dali, debruçar-se sobre a escrivaninha em seu quarto e atacar o papel com seus poemas satíricos! Lá, isolada do mundo, podia ser ela mesma, sem o olhar perscrutador da mãe e da sociedade.

— Sr. Rodrigues, tu conheces aquele rapaz? — Dona Hipólita usou o leque para apontar. — Parece-me que ele anseia por chamar-te a atenção.

Os olhares da família seguiram a direção do leque de dona Hipólita. Eram todos bastante curiosos, ainda que tentassem camuflar tal característica.

— Sim, aquele é Humberto de Meneses Maia, filho do falecido Antônio Maia. O rapaz esteve em Coimbra, onde estudou as leis. Muito culto, bastante letrado...

Eugênio Rodrigues acenou para Humberto, que entendeu como uma permissão para se aproximar.

— Por que fizeste isso? Certamente é um anarquista — reclamou dona Hipólita, querendo esfregar o leque no bigode do marido.

— De onde tiras essas ideias, Santinha? O que te faz pensar que o moço é anarquista?

— Essa gente muito letrada é cheia de ideias tortas.

Cansado de tentar pôr um pouco de lucidez na cabeça da esposa, ele apenas inspirou profundamente. Já Isabel estava bem tentada a despejar na mãe a verdade sobre as reuniões do pai, os encontros de Luiz na Europa e os poemas de sua autoria. Tudo isso acabaria com a saúde de dona Hipólita, saúde essa que ela adorava afirmar não ter.

— Boa noite, sr. Rodrigues. Dona Hipólita, srta. Carlota, srta. Maria Efigênia e srta. Isabel. — Humberto tocava na aba do chapéu enquanto recitava nome por nome. — Perdoai minha intromissão. Reconheço que este não é o melhor momento nem o lugar mais adequado, porém, se não houver problema, poderia trocar duas ou três palavras com o senhor?

— Claro, meu rapaz. Sentemo-nos logo ali.

Eles escolheram um local mais reservado, longe dos olhares curiosos, que certamente não sairiam de cima dos dois.

— Que impertinência! Que tipo de assunto esse jovem tem com vosso pai? — indagou dona Hipólita, mais curiosa do que genuinamente irritada.

— Ora, mamãe, e quem nestas cercanias não tem ao menos um motivo para falar com o pai? — disse Carlota, sem uma gota de interesse.

— Porque ele permite!

Diferente das outras, Isabel era a única que imaginava o teor da conversa entre eles e estava se coçando de vontade de bisbilhotar. Gesticulou teatralmente, fingindo sentir calor, ao mesmo tempo em que se afastava aos poucos da rodinha formada pela mãe e pelas irmãs. Carlota, notando a intenção da caçula, piscou para ela e deu um jeito de tirá-la do campo de visão de dona Hipólita.

Chegou o mais perto que pôde da dupla, mesmo dando a entender que não era essa sua intenção. Mas, infelizmente, não conseguiu escutar uma palavra sequer. Claro que não se arriscariam com tanta facilidade. Se o movimento revoltoso era confidencial, não seria em um evento na Casa da Ópera que arruinariam tudo.

Frustrada, mas compreensiva, Isabel soltou um muxoxo. *Vejam só a injustiça de tudo isso*, ruminava ela, *se eu fosse homem, estaria sentada com eles, participando ativamente dos planos, opinando e sendo ouvida*. Especialmente em confissão, costumava desabafar sobre essa angústia com padre Guimarães, que a orientava a aceitar os desígnios divinos. Ele era um homem muito bom e um sacerdote de mente avançada, entretanto não era de seu feitio alimentar a revolta de Isabel. Não porque não a entendesse. A principal razão era saber que não havia solução para aquilo que a moça almejava.

— Aceita teu destino, filha. Parar de lutar nem sempre é sinal de covardia, mas, sim, de bravura — aconselhava ele, que, além de teólogo, era amante da filosofia. — Tu não te lembras das aulas de catequese, quando estudávamos a vida de Jesus Cristo?

— "O amor não se alegra com a injustiça, mas regozija-se com a verdade" — recitou Isabel. — O senhor me ensinaste muito bem.

Padre Guimarães tentava, mas a moça era sabida demais para acatar tudo com resiliência.

Voltando ao tempo presente, Isabel percebeu que o assunto entre o pai e Humberto havia terminado. Um voltava mansamente para junto da família, e o outro a encarava com desdém.

Sempre escondida em um canto, observando de esguelha os encontros dos conjurados, ela nunca tivera a chance de ficar cara a cara com Humberto. De perto, ele parecia mais alto e bem intimidador.

— Estás perdida? — questionou ele, com falso interesse.

— Por que eu haveria de estar? — retrucou Isabel, simulando ter o controle de suas emoções, quando, na verdade, temia que o rapaz desconfiasse dela.

Humberto achou o atrevimento da moça interessante, embora infantil.

— Tua família está logo adiante.

— Contudo, estou aqui.

Dito isso, sentindo e ouvindo o coração palpitar de nervoso, Isabel deu as costas a Humberto, arrebitando o nariz para fazer a retirada parecer triunfal.

Capítulo 5

Ouço o som de correntes arrastadas
De grilhões se chocando
Nos infinitos porões desta cidade

A chibata corta o vento
As cordas tanto prendem quanto açoitam
Música aos ouvidos dos ricos

"Canto da vila", por Flor de Minas

Carlota, Maria Efigênia e Isabel passavam a semana no campo, na fazenda do pai, a poucos quilômetros além de Vila Rica. As terras eram cortadas pelo rio Carmo e limitadas pelas montanhas. Era um agradável pedaço de chão, com pastos verdes, águas cristalinas e árvores projetando suas sombras em diversas direções.

Alegando um ataque de nervos, dona Hipólita preferira permanecer no solar da rua São José, enviando Domingas como acompanhante das meninas, mas não sem antes rezar um terço de recomendações. Após ouvirem a cantilena da mãe, as três puderam enfim desfrutar a liberdade de viver sete dias longe do alcance da matriarca dos Rodrigues.

Maria Efigênia, tímida e de poucas palavras, era uma refinada bordadeira e fazia crochê como ninguém. Seus trabalhos ornavam vários espaços do sobrado na cidade e do casarão na fazenda. Passava horas com suas linhas e agulhas, pouco contribuindo nos debates familiares, embora fosse uma boa ouvinte. Durante aquela tarde preguiçosa, enquanto as irmãs olhavam para o céu, jogavam conversa fora e perdiam pontos de crochê por estarem desatentas, Maria Efigênia tecia uma colcha que pretendia dar de presente de casamento para Carlota.

— Teus dedos vão cair de tuas mãos uma hora dessas, Efigeninha — alertou Isabel, deitada sobre a relva sem modos de dama, conforme exigia a mãe. Saboreava uma goiaba vermelha, enfiando o indicador na boca de tempos em tempos para retirar as sementes agarradas nos dentes.

— E tu te assemelhas a um leitão a chafurdar no chiqueiro — rebateu a irmã do meio, que podia até ser calada, mas sabia dar respostas certeiras. — Para de fazer barulhos com a boca! Que enervante!

Só de pirraça, Isabel continuou.

— Gosto de ser eu mesma quando estou longe de nossa mãe.

— Isto é, porquinha! — implicou Carlota, suando para dar conta de caprichar no avesso do bordado.

Isabel atirou um pedaço da goiaba na irmã mais velha, que reagiu chutando o tornozelo da caçula.

— Não importa, ao menos estamos em paz.

As três movimentaram a cabeça ao mesmo tempo, felizes pelos dias agradáveis na companhia umas das outras.

O pai criava gado bovino na fazenda para produção de leite e carne, vendidos principalmente na capital da comarca do Rio das Mortes, São João d'El-Rey, o principal centro de negócios das Minas Gerais na época. No entanto, havia muitas outras espécies de animais povoando as terras dos Rodrigues, como galinhas, gansos, patos, porcos, cabritos e cavalos.

As meninas gostavam do ambiente rural, da sensação de liberdade que o lugar lhes proporcionava. Além da natureza esplêndida, havia os colonos, com quem elas se davam muito bem, e os empregados do pai, pessoas simples e cheias de histórias para contar.

Isabel era a filha que mais valorizava tudo aquilo. Eugênio Rodrigues brincava que, se ela tivesse nascido homem, deixaria todas as suas valiosas terras aos cuidados dela. Obviamente, dizia isso com o intuito de agradá-la, de lhe mostrar quão preciosa era para o pai, mas tal declaração feria imensamente seu orgulho.

"Se eu fosse homem, se eu fosse homem", resmungava pelos cantos. "Sempre essa condição idiota."

— Hoje almoçaremos costela de boi cozida com mandioca — avisou Isabel, retomando o bordado depois de dar fim à goiaba. — Assunção contou-me mais cedo.

— Pobre coitada, vives a pensar em comida — debochou Carlota. — Tu acabaste de devorar uma fruta e já pensas na próxima refeição! Marido algum aprecia esposas glutonas.

— Melhor para mim, pois não pretendo me casar, não com os rapazes que andam por aí.

Maria Efigênia deu um sorriso de lado, não precisando mais que esse gesto para destacar seu ponto de vista. Carlota, por sua vez...

— Minha querida e rebelde irmã, vives em que mundo? Estás certa de que nossa mãe aceitará tua decisão? Jamais! Tua sorte é Efigeninha ser mais velha que tu e ainda não ter um pretendente. Contudo, pequena, basta que surja um noivo para ela. Depois...

— Serás tu — completou Maria Efigênia.

A agulha espetou o dedo de Isabel, e uma gotinha de sangue surgiu.

— Se depender de mim, Efigeninha não se casará.

As três soltaram uma gargalhada alta, como se tudo na vida fosse assim tão simples, tão leve.

— Qual é o motivo do teu bordado, Isabel? — Carlota esticou o pescoço para bisbilhotar. — Daqui de onde estou, é difícil saber, a imagem parece-me disforme...

A caçula não se irritou com mais essa implicância. Sem desviar o olhar do trabalho — certo, não estava tão perfeito assim —, respondeu:

— É uma flor.

Uma solitária flor de cosmos laranja, dessas que se alastrava por toda parte, bem sem vergonha, que não se deixava intimidar pelas adversidades do ambiente.

— Uma flor de Minas.

Da janela do quarto de Isabel no casarão da fazenda, o entardecer parecia pintura de um artista muito talentoso, mas sem método. Listras laranja misturavam-se com outras de tom rosado, enquanto o azul se despedia do dia. Sem outras construções ao redor e com as montanhas ao longe, era como se ela estivesse em uma casa de espetáculos, assistindo de camarote àquele deslumbre.

Sentiu vontade de escrever, mas dessa vez não foi tocada pelo rancor nem pelos ideais de independência. Quisera ser talentosa para transpor para o papel os sentimentos que a beleza da paisagem despertava nela. Não era capaz nem mesmo de imaginar os termos que, juntos na folha, concretizariam suas emoções.

Um bordado tecido com palavras...

Logo a cor do céu mudou. Foi só o sol se despedir, que a escuridão tomou o seu lugar, bela também, embora nem um pouco encantadora.

Com o escuro da noite, sons noturnos se sentiram confiantes para finalmente se manifestar. Primeiro, Isabel ouviu os grilos. Perguntava-se onde eles se escondiam à luz do dia e por que paravam de cantar. Em seguida, os sapos começaram uma cantoria intercalada; eram os preferidos dela. Há tempos, bezerros e pássaros tinham emudecido; dormiam, certamente.

E, então, um novo ruído, mais grave, mais cadenciado, roubou toda a atenção de Isabel. Eram tambores, acompanhados de vozes femininas em uníssono. Ela sabia de onde vinham e por quê. Apenas jamais vira aquilo de perto, já que dona Hipólita se punha contrária à presença das filhas nas festividades dos colonos. Acontece que a mãe estava bem longe dali, provavelmente participando de uma novena ou rezando o terço das seis da tarde. Logo, Isabel não se conteve e seguiu o caminho de sua curiosidade, lembrando-se de que o jantar seria servido às sete, portanto deveria estar de volta o quanto antes.

No pátio, entre as casas dos colonos, havia uma grande festa. Isabel, a princípio, não se deixou ser avistada, espiando a animação das pessoas entre as folhagens da cerca viva que circundava a pequena vila. Estava envergonhada, afinal não era apenas uma intrusa, mas a filha do dono daquelas terras. Existia uma grande chance de acabar rechaçada.

A uma distância segura, observava a alegria daquela gente personificada em seus cantos e danças. No meio em que ela vivia, a rigidez das regras travava tudo, especialmente a espontaneidade. Até para sorrir, havia um código de etiqueta a ser seguido, mas não ali. Mulheres rodavam e gargalhavam no meio dos homens, que tiravam um ritmo hipnótico dos tambores, enquanto crianças corriam ou dançavam, sem sofrer censura dos adultos.

Os vestidos não apertavam as ancas das mulheres nem as casacas abafavam o tronco dos homens, pois até as vestimentas eram leves, como eles. Quase todos eram ex-escravizados de origem africana. Portanto, gente preta que não temia chicotes, correntes nem qualquer tipo de abuso. Nada disso existia nas terras de Eugênio Rodrigues.

Por ali, também viviam alguns indígenas, muitos deles sobreviventes de massacres comandados por portugueses ou paulistas ou bandeirantes ou mineiros também. Em um cenário em que a crueldade contra os oprimidos imperava, qualquer um que se achasse mais importante tinha potencial para se transformar em opressor.

Não era segredo para ninguém naquelas cercanias, nem mesmo em Portugal, que as terras dos Rodrigues tinham virado um lugar de paz e sossego para toda aquela gente. Por mais que a elite da Colônia e a do Reino fizessem cara feia, isso não mudava absolutamente nada. Eugênio Rodrigues alforriara e empregara todos eles, mulheres e homens, fornecendo-lhes moradia e segurança.

Isabel, sempre tão curiosa, certa vez, ainda criança, perguntou ao pai por que ele agia de modo diferente, o que ela chamou de especial.

— Não faço nada de especial, apenas sigo os ensinamentos de Jesus, um homem verdadeiramente bom, que queria o bem de todos, especialmente dos marginalizados.

Mais tarde, aprofundando os estudos da vida de Cristo com padre Guimarães, Isabel finalmente entendeu a resposta do pai e passou a admirá-lo como ser humano.

— Não me admire por fazer o que é certo, pequena — instruíra o pai. — Não sou eu que deve ser louvado. Os demais, por serem a maioria, me põem nessa posição de diferente. Tratam os semelhantes como inferiores e ainda se dizem cristãos!

Isabel considerava-o extraordinário, sim, até porque ele se casara com uma mulher de opiniões contrárias às dele. Era o senhor da paciência.

O pé de Isabel acompanhava o ritmo dos tambores, ao mesmo tempo que um sorriso suave alegrava seu gracioso rosto. Perdera a noção da hora, esquecendo-se completamente de que precisava voltar para o jantar.

— A sinhazinha não quer entrar na roda?

O convite pegou Isabel de surpresa, mas não mais que o toque de um dedo em seu ombro. Ela retesou o corpo e se deparou com uma suada e sorridente figura.

— Perdoa o mau jeito. Vi sinhazinha escondida no escuro. Por que não vem dançar também?

Isabel demorou a reagir, mas logo se refez da surpresa e moveu a cabeça, aceitando o convite da moça. Ambas pareciam ter a mesma idade.

— Sou Luena, meu nome de Angola. Acá também me chamam Luzia.

Sem titubear, Isabel apertou a mão da moça.

— Para mim, és Luena. Sinto-me honrada em compartilhar de vossa alegria.

Capítulo 6

Não somente o ouro reluz

As lágrimas que descem pelas faces indígenas
O suor que escorre pelo torso dos africanos
A saliva que sai da boca dos açoitados
Brilham mais que o metal raro

Mas o Reino e seus comparsas
São como moscas ao redor da luz
Porém, ao contrário destas,
Não são eles quem sucumbem

O explorador vence
em detrimento do sangue dos oprimidos

"Apenas uns rabiscos", por Flor de Minas

Carlota apertava o braço direito de Isabel enquanto Maria Efigênia puxava o outro, como se a caçula fosse um cabo de guerra. Até podiam ser cúmplices na maioria das situações, mas nem sempre dava para defender a irmã desajuizada.

— Perdeste de vez a razão, criatura! Confraternizar com os colonos? — Maria Efigênia recostou o dorso da mão na testa, expressando seu ponto com palavras e gestos.

— Soltem-me, suas maritacas! Estais a amarrotar meu vestido!

As mais velhas ressaltaram que Isabel havia voltado para casa mais amassada que papel no lixo. Além da aparência desgrenhada, a moça perdera o jantar, um acontecimento quase tão grave quanto sair de casa desacompanhada. E Isabel ousou cometer ambos os pecados — pecados segundo dona Hipólita, obviamente!

— És afortunada por mamãe estar em Vila Rica — disse Carlota, soltando a irmã. — Porém, garanto que em dois ou três dias, no máximo, tua falta de juízo chegará aos ouvidos dela.

Bastou um único dia para dona Hipólita ser colocada a par do ocorrido na fazenda e, então, partir de Vila Rica sem requisitar a opinião do marido — que consideraria um exagero da parte dela—, com o objetivo de levar as filhas de volta para casa. Na fazenda, encontrou as duas filhas mais velhas fazendo-se de santas só para irritar Isabel. E esta, por sua vez, não se deixou intimidar pela ladainha da mãe, interminável, mas igual àquela antiga máxima popular: cachorro que late muito não morde. Quanto mais dona Hipólita se exaltava, mais segura de si ficava Isabel.

A moça só queria saber quem a delatara. Ah, se fosse uma das irmãs, ela lhe arrancaria a cabeça! Ambas negavam categoricamente. Porém, no íntimo, Isabel desconfiava de que havia sido a governanta do casarão, uma mulher tão sisuda quanto a mãe. *Pouco me importa!*

O trajeto de retorno ao solar da rua São José pereceu mais demorado e esburacado que de costume, uma vez que dona Hipólita não poupou os ouvidos das filhas um segundo sequer, dando a impressão de que o coche da família diminuía de tamanho a cada quilômetro andado e a cada xingamento cuspido. Na maior parte do tempo, Isabel se concentrara nos sacolejos que a estrada de terra e pedras proporcionava. Embora sentisse enjoo, sofria menos lidando com o estômago.

Do lado de fora, nuvens pesadas cobriam o céu para combinar com o humor da mãe. Isabel apoiou um dos cotovelos na janela do coche e o queixo sobre a mão, apreciando a vista, da qual ela não se cansava. Apesar de ter sonhos ousados, como viajar à França e viver perto dos pensadores iluministas, os quais andava lendo por intermédio de padre Guimarães e a quem fora apresentada pelo irmão Luiz, por meio de suas cartas, o bucolismo do campo também a arrebatava. Comparava-se, não modestamente, aos poetas árcades, engajados em causas democráticas e, ao mesmo tempo, cultivadores da aura do campo.

Recordou-se da noite anterior, tão fresca, tão mágica, tão fora de sua realidade. Seria pecado invejar aquelas pessoas simples, cujas vidas se resumiam a trabalhos pesados em troca de sustento, enquanto ela, Isabel, usufruía do mais alto grau de conforto, tanto que nada lhe faltava? Temia que a resposta fosse sim, mas não podia refrear a inveja.

Luena, a jovem africana que chegara ao Brasil ainda bebê e não se lembrava de Angola, o país onde nascera, ainda que liberta, nada tinha de luxuoso na vida, nem roupas, nem bens, nem sobrenome. Isabel era ciente de seus privilégios de berço. Então, por que a alegria dos colonos lhe parecia mais genuína? Por que a festa deles no terreiro era mais animada do que os bailes a que costumava ir?

Havia sido muito bem recebida por quase todos, apenas algumas pessoas exibiram certo ar de desconfiança ao se depararem com Isabel entre elas. Ofereceram-lhe comida, uma cumbuca com milho, feijão, carne seca e fatias de banana e laranja. Não havia nem sinal de talheres. A moça compreendeu a linguagem subliminar. Passaria no crivo dos desconfiados caso raspasse a tigela sem titubear.

E assim o fez.

Lembrar-se disso fez Isabel sorrir. A refeição, além de saborosa, acabara de vez com as suspeitas contra ela. Que mocinha bem-educada enfiaria a mão despida em uma cumbuca de comida pastosa sem fazer cara de nojo?

Depois de passar no teste, foi envolvida na roda, estimulada a dançar e a bater palmas no ritmo dos tambores. Isabel se sentiu um pouco tímida, pois não tinha habilidades como as deles. Seu corpo parecia duro, desengonçado. Cérebro e pernas pareciam estar em pura desarmonia, o que arrancou boas risadas de Luena e dos outros.

Um pouco mais tarde, vencida pelo embaraço de tentar seguir o ritmo dos colonos, Isabel sentou-se em um banco de madeira para ouvir histórias. Muitos contaram casos, mas foi a voz de uma anciã que ficou retida em seus pensamentos.

— Nestas terras encrustadas no meio das montanhas, paira o medo. Aqueles que vieram ao mundo para mandar, homens brancos e livres, não são tantos quanto os que são mandados, mas plantam e colhem muita violência, porque não se sentem seguros em seus castelos de ar. Não em vão os negros, da África e da terra, contra-atacam.

"Toda a vida mandaram passar a faca em nós. Matam tanto, que também nos temem. Nos quilombos, nos terreiros e nas senzalas cantamos nossas histórias.

"Uma coisa que assusta o branco é quando um escravizado foge. O risco de vingança mexe com os nervos dessa gente, que maltrata demais os pretos, os indígenas, os pobres. Conheci um jovem que teve o nervo do pé arrancado por guardas de Mariana quando capturado. Isso é maldade, moça, mas também é pavor. Um outro rapazinho, esse era robusto, saudável, foi largado na prisão por muitas mudanças da lua. Quando já estava fraco, amarraram o pobre no pelourinho e meteram a chibata no lombo dele dez dias seguidos! Vosmecês pensam que acabou? Ora, não! Marcaram o menino com ferro quente, puseram uma letra nas costas dele, não sei qual, não entendo de ler. Um homem vira bicho depois de viver isso tudo. Mata sem dó, porque ele mesmo já morreu.

"'Morra, morra tudo!', gritam aqueles que têm coragem de revidar. 'Gente preta bárbara da África e Guiné.' Chamam nós disso. Mas quem é o bárbaro dessa história toda?"

Ao redor de uma fogueira de chamas altas, a madeira estalando, tambores criando uma atmosfera um tanto mística e os relatos de um povo submetido ao que há de mais desumano, tudo isso fomentou mais ainda a revolta de Isabel contra a elite branca da Colônia e a Coroa portuguesa.

— Pronto, chegamos à casa. Tu não penses que tua última aventura passará ilesa.

Isabel só ouviu a voz da mãe porque o coche tinha parado. Com os pensamentos na noite anterior, conseguiu passar a viagem toda sem perceber o falatório de dona Hipólita.

A moça, ao descer do veículo, deixou o olhar se demorar no solar da família. Sete portas na fachada principal e quarenta e quatro janelas! Quanto esplendor! Quanta inveja tamanha riqueza gerava! Mas Isabel, consciente de seus privilégios, acabou sentindo um pouco de vergonha.

— E trata de abaixar esse nariz que, garanto, terminarás o dia de hoje comprometida!

As três irmãs interromperam os passos e se entreolharam, surpresas. Isabel ficou em choque.

Humberto tomava notas sem perder um só termo do que estava sendo discutido naquela tarde na residência de Eugênio Rodrigues. Falavam sobre adesões ao movimento, estratégias, mas havia muitas, inúmeras divergências.

Nesse dia, Joaquim José da Silva Xavier marcara presença no encontro. Seu nome nunca deixava de ser mencionado nas reuniões, mas o fato de ser alferes dos Dragões, o Regimento Regular de

Cavalaria de Minas, uma unidade do exército português no Brasil, obrigava-o a se deslocar pelas estradas da capitania, entre vilas e lugarejos, de modo a manter a ordem na região, o que também contribuía com os objetivos dos conjurados. Durante suas andanças, levava e buscava muitas informações, além de distribuir a semente da sedição, tudo na surdina, evitando, assim, ser delatado.

— Os senhores devem entender que os comerciantes do Rio de Janeiro prometeram aderir ao movimento, contudo necessitam ser pressionados; caso contrário, ficaremos apenas com as palavras ditas — insistia o alferes, buscando convencer aqueles que ainda hesitavam.

O tema da reunião centralizou-se nessa questão, enquanto a maioria dos presentes tanto confabulavam quanto testavam a sorte em torno da mesa de gamão de Eugênio Rodrigues.

Entre uma jogada e outra, alguém abordou um fato que vinha alcançando notoriedade nos últimos dias:

— O sujeito que assina como Flor de Minas tem causado desconforto. Ouvi dizer que o próprio governador anda irritado com a figura.

— Seria ele um de nós?

Os homens se entreolharam, estudando-se mutuamente. Apesar de estarem do mesmo lado da batalha, ninguém confiava plenamente em ninguém.

— Caso seja, por que se esconde?

— Ora, meu bom Andrada, decerto trata-se de um inibido, pois o sujeito é inimigo da boa literatura.

— A não ser que essa seja sua intenção. — Humberto emitiu sua opinião pela primeira vez naquela tarde. Saía-se melhor escutando e escrevendo. — À medida que dissimula seu talento, mais despercebido passa. E, assim, aos poucos, entra na mente das almas de aqui e de acolá.

Concordaram com ele, mesmo porque não encontravam explicação mais plausível. Se suspeitassem da verdade... orgulhos sairiam dali feridos.

— Não estarias tu a tentar nos distrair, meu rapaz? — indagou Eugênio, falando com somente um dos cantos da boca. O outro equilibrava o charuto. — Tu tens o dom da palavra e a ferramenta nas mãos. Embora a imprensa seja proibida na Colônia, teu jornal circula clandestinamente, mas livre, pelas ruas de Vila Rica.

— E de Mariana — acrescentou Humberto, com humor.

— Deixa de troça e confessa, anda — pressionou um velho fazendeiro chamado Macedo.

O rapaz riu, mostrando os belos dentes, algo raro de se ver naqueles tempos.

— Não sou eu o autor que assassina o talento. Palavra de honra.

Todos soltaram risadas debochadas, e alguns ainda fizeram piadas. Só Isabel não viu graça alguma. Se fosse corajosa o bastante para seguir sua vontade, teria feito uma entrada solene, surgindo pela porta entreaberta e assumindo a identidade de Flor de Minas para aquele bando de bigodudos sem qualificação para julgar um bom trabalho.

Melhor dizendo, um trabalho nem tão bom, porém eficiente.

Capítulo 7

Vamos, vamos para Minas!
Lá os ares são benéficos e diferentes
Graças às virtudes do clima
E do sonho de liberdade que nos preenche

Vamos, vamos para Minas!
Lugar ideal para santos e loucos
Não faltam igrejas para as ladainhas
Nem bodegas para todos os outros

Vamos, vamos para Minas!
Sim, eles chegaram do Velho Mundo
Esperançosos, a fugir de suas sinas
A buscar razões para o futuro

"Vamos para Minas", por Flor de Minas

— Sr. Rodrigues, precisamos conversar.

Dona Hipólita passou direto por Isabel, nem notando que a filha bisbilhotava a reunião do pai pela greta da porta.

— Santinha, por tudo o que há de mais sagrado, tu não percebes que estamos no meio de uma partida? — questionou Eugênio, mortificado. O charuto por pouco não escorregou da boca parcialmente encoberta pelo bigode penteado.

Os moradores de Vila Rica conheciam bem a personalidade de dona Hipólita, portanto já estavam acostumados com seus arroubos.

— Uma partida de gamão não há de ser mais importante do que tuas filhas, homem de Deus!

De repente, a figura de Isabel passou a ser o centro das atenções, pois, das três, era a única à vista. Ela encolheu os ombros, na dúvida entre dar as costas e sair calmamente ou fingir um mal súbito. Na verdade, mesmo a mãe tendo dito filhas, no plural, ela sabia de quem dona Hipólita reclamaria.

Os homens começaram a inventar desculpas para amenizar o constrangimento de Eugênio Rodrigues, movimentando-se para uma retirada imediata, mas dona Hipólita ignorou-os completamente e desandou a relatar a última estripulia de Isabel:

— Saiu sozinha... já havia escurecido... a menina se meteu num antro pagão... dançou em roda... perdeu o jantar...

A moça captava alguns fragmentos da fala, tamanho seu embaraço. Olhares alternavam-se entre ela e a mãe, talvez tentando decidir qual das duas era a mais insana.

Que vergonha!

— E caso não tomemos uma decisão definitiva, em breve receberemos notícias de que a menina anda infiltrada em quilombos! O senhor não te apiedas dos meus nervos?

Humberto abafou uma risada, algo que só não passou despercebido por Isabel, que o encarou afrontosamente. Ele retribuiu o olhar.

— Santinha, esse é um assunto que deve ser discutido mais tarde. — Eugênio tentou interromper o fluxo verbal da esposa, sem nenhum sucesso.

Ela não fazia pausas nem para respirar.

O tumulto também chamou a atenção de Carlota, Maria Efigênia e Domingas, um verdadeiro circo armado na sala de gamão do respeitado Eugênio Rodrigues.

— Eu estou farta, farta de tentar ensinar modos para essa criatura! Saiu ao senhor, a pequena travessa, pois a mim que não foi! Porém, devo admitir que há claros sinais de semelhanças com mamãe, o que muito me aborrece.

Agora o olhar de Humberto expressava piedade. Que mulher destemperada, capaz de expor a filha e seus defeitos (segundo sua lógica) ao escrutínio dos mais diversos tipos de pessoas, desconsiderando que não era impossível que aqueles homens levassem para as ruas de Vila Rica tudo o que viam e ouviam ali!

Carlota e Maria Efigênia se posicionaram ao lado da irmã caçula, como se dissessem silenciosamente *estamos aqui, não te preocupes.*

— Existem apenas duas soluções capazes de cercear os ímpetos de Isabel. — Dona Hipólita fez uma pausa dramática, contando com o impacto da declaração que viria na sequência: — Convento ou casamento.

Humberto deixou o solar da rua São José bem chocado com o que acabara de presenciar, talvez porque esperasse que um pai agisse com tamanha brutalidade, não uma mãe, ainda mais sendo dona Hipólita, uma mulher sempre sisuda, de pouca conversa e discreta.

Os gritos, a exposição diante daqueles homens — a maioria de fora do grupo de pessoas próximas aos Rodrigues —, o constrangimento de Isabel, a piedade das irmãs e o embaraço do sr. Eugênio, tudo isso mexera com o emocional de Humberto, embora ele não fosse um completo desconhecedor da personalidade da matriarca da família. Um observador por natureza detectava sinais, ainda que sutis. Além disso, era confidente de Luiz, com quem se correspondia com frequência.

A expressão de Isabel o comoveu. Acostumado com seu olhar desafiador e o queixo projetado para a frente, como se fosse um animal de prontidão para o ataque, vê-la vulnerável daquele jeito lhe causara um mal-estar. Humberto se viu, como sempre, em uma posição de privilégio. Em suas páginas clandestinas, expunha as mazelas dos oprimidos e as injustiças do governo e até da Igreja, mas nunca falava da situação das mulheres (acabara de perceber).

Em casa, depois da morte prematura do pai, tornara-se o responsável pela família: mãe e duas irmãs. As três não tinham um pingo de valia para a sociedade, a não ser quando agiam em função dos modelos sociais. Obviamente, Humberto reconhecia que a condição delas não chegava ao nível da situação de outras mulheres; das escravizadas, por exemplo, das indígenas também. Sendo assim, quem se compadeceria pelas mães e filhas das classes mais privilegiadas? Não havia motivos para tal, já que elas tinham uma vida dos sonhos, correto?

No mundo em que vivia, mulher nascia para ficar em segundo plano, portanto não incomodava ninguém o fato de que seus destinos fossem dirigidos por outras pessoas. Não, "ninguém" englobava gente demais. Jovens revolucionários como ele não se sentiam completamente confortáveis.

Mas, essa era a vida. Homens poderosos apregoavam desde o começo dos tempos cinco "regras": há raças que vieram ao mundo para serem escravizadas, em nome de Deus; como homem, branco e rico, o mundo gira em torno dos meus interesses; quem não é cristão é pagão, e o pagão deve ser convertido a qualquer custo; mulheres são seres inferiores, servir aos homens é a sina delas; o povo não precisa de educação, ler para quê?

O jornal de Humberto existia para expor muitas dessas barbaridades. O Reino não incentivava a circulação de conhecimento na Colônia, porque a ignorância dos oprimidos era um conforto para os opressores. Se, com seus textos acusatórios, poucos que fossem, passassem a enxergar os abusos, aos poucos o cenário começaria a mudar. Era nisso que ele acreditava.

Havia muitas causas urgentes. A vida de mulheres da alta sociedade da capitania não era, definitivamente, uma delas.

Nem por isso, Humberto ficara indiferente à cena protagonizada pelas Rodrigues diante dos olhos dos conjurados de Minas. Porém, considerando a palavra que escapou silenciosamente dos lábios de Isabel, a caçula da família tinha sangue quente e dificultaria o quanto pudesse os planos da mãe:

— Veremos — murmurou ela, enrijecendo o maxilar.

Mais tarde, naquele mesmo dia, depois de jantar com a mãe e as irmãs, Humberto desapareceu do mundo, fechando-se no cômodo onde escrevia e imprimia o jornal.

O lugar havia sido um paiol, na época em que seu falecido pai usava o terreno adjacente ao sobrado onde a família morava para o cultivo de alguns vegetais e a criação de animais de médio porte, como cabras e porcos. Com o passar do tempo, Antônio Maia, pai de Humberto, ampliara os negócios, comprando um pedaço de terra nas cercanias de Vila Rica.

Não demorou para que o rapaz se apropriasse do local quando voltou de Coimbra com o diploma de advogado em mãos, alegando que ali seria seu escritório. Ninguém desconfiou, porque ele não contara uma mentira completa. Humberto apenas omitira o fato de que ali também seria o endereço de seu infame jornal.

Naquela noite, após o encontro no solar da rua São José, não faltaram pautas para rechearem seus artigos. O rapaz tinha em mente três temas principais: o ideal de proclamar, na capitania, uma república independente de Portugal; a criação de uma universidade em Vila Rica, que seria a primeira em território brasileiro; e a supressão das dívidas com a Fazenda Real.

Embora fosse um jovem estudado e muito habilidoso ao articular as palavras, escrevia seus textos em um linguajar que pudesse ser compreendido principalmente pelas pessoas menos letradas. Era importante que todos ficassem a par dos ventos de liberdade que, há algum tempo, sopravam entre as montanhas mineiras, e que, mais do que isso, esses ventos ajudassem a despertar o espírito de revolta na população, gerando, assim, uma massa forte, capaz de enfrentar a Coroa portuguesa e desfazer de vez o nó que os atrelava. Passava da hora de desvincularem-se da noção de que Portugal, por acaso, descobrira o Brasil e levara civilidade para aquela terra de "selvagens", movido em nome de Deus e do progresso.

Como estudante em Coimbra, próximo a outros jovens revolucionários, além de entendedor do processo que levou os Estados Unidos à independência da Inglaterra anos antes, Humberto escrevia com propriedade e conhecimento de causa. Seu jornal instigava a ira dos poderosos, especialmente do Visconde de Barbacena, nomeado governador de Minas Gerais por Dom Pedro, de Portugal, com o objetivo de promover a derrama.

As mais violentas acusações eram direcionadas a Barbacena, que, em represália, colocara a cabeça do "dono do jornaleco de merda" — palavras dele — a prêmio. Qualquer um que descobrisse e delatasse o agente da veiculação receberia uma recompensa em ouro.

Até aquele momento, a caçada não obtivera sucesso.

Para imprimir seu jornal, que na verdade era um folheto de duas páginas, frente e verso, Humberto havia construído um equipamento similar à prensa inventada por Gutenberg, no século XV. Durante o tempo que passou na Europa, chegou a conhecer algumas tipografias, já com o intuito de burlar a proibição da Coroa portuguesa e implantar a imprensa em Vila Rica, mesmo que veladamente. Sua engenhoca era bem menor do que a original, mas servia ao propósito: propagar informação e irritar os governantes.

Concentrado na árdua tarefa de reproduzir as folhas daquela edição, Humberto não percebeu que os cães de rua intensificaram os latidos repentinamente. Estavam agitados devido à movimentação inesperada de um sujeito maltrapilho, que andava de um lado para o outro, parecendo à procura de algo.

A tal pessoa se apoderou de um pedaço de pau jogado na viela, uma prevenção a um possível ataque dos cachorros. Se a periculosidade deles fosse proporcional à altura dos latidos, tudo indicava que eram bem raivosos.

Demorou um pouco, mas finalmente Humberto escutou o tumulto do lado de fora. Cães vadios da redondeza raramente se exaltavam tanto assim. Algo incomum acontecia. Decidiu que era mais prudente sair e averiguar do que arriscar ter seu "escritório" invadido. O problema nem era o lugar em si, mas o que escondia lá dentro.

Teve o cuidado de dar duas voltas na chave antes de deixar o cômodo, levando consigo o punhal que havia sido de seu pai, só por precaução. Se mais de uma pessoa estivesse atrás dele, a pequena arma seria de pouca utilidade, mas era melhor do que aparecer de mãos vazias.

A primeira cena a chamar a atenção de Humberto foi a posição dos cães. Reunidos, latiam agitados, todos voltados para uma só direção, com as bocarras expelindo som e saliva. Então, um vulto se mexeu na penumbra.

O rapaz não conseguiu enxergar com nitidez, pois, além da escuridão, era óbvio que a pessoa evitava se revelar, mantendo-se submersa nas sombras.

— Ei! — chamou, empregando autoridade à voz. — O que buscas aqui?

A resposta não foi dada como Humberto esperava. Em vez de responder com a boca, a pessoa lançou uma pedra contra o rapaz. Mas o que, em princípio, sugeria um ato de violência, na verdade, era um meio de transporte. A pedra foi o veículo que o sujeito usou para enviar a Humberto uma mensagem, escrita com capricho no papel que envolvia a pedra.

Capítulo 8

Diante da chama vermelha
Fonte de calor nesta noite fria
Vejo as danças e ouço a cantoria
No terreiro, sob as estrelas

De peles escuras e curtidas
Calcanhares rachados, muitos a sangrar
Observo essa gente sofrida
E me pergunto quem devo condenar

Há quem culpe o destino
Para mim, puro desatino!
O mal é impingido pelo homem
Dos quais muitos conheço berço e nome

Se um dia vieres a Vila Rica
Espero que compreendas
Que aqui resiste uma pequena África
Sob os punhos de ferro de Barbacena

"Verdades", por Flor de Minas

O objetivo de Isabel, ao sair de casa naquela noite, era fazer seu poema chegar ao redator do jornal, não ficar frente a frente com ele, anunciada por um bando de cachorros escandalosos. A pedra embrulhada no papel fazia parte do plano, porém atirá-la contra Humberto foi uma atitude impensada, reação ao medo de ter a identidade exposta. Teria sido melhor fugir com o poema no bolso e deixar para outra ocasião a chance de vê-lo publicado no folhetim de Humberto. Como sua identidade secreta, Flor de Minas, começava a alcançar certa popularidade, Isabel considerou prudente parar de distribuir os textos em pessoa, direcionando-os ao jornal, que trataria de veiculá-los nas edições seguintes. Confiava fortemente na possibilidade de Humberto abraçar a causa, mesmo desconhecendo a identidade do autor dos poemas.

Agora estava ali, encurralada tanto pelo homem quanto pelas feras, o que, cedo ou tarde, acabaria acontecendo. Ser cuidadosa não era uma das maiores qualidades de Isabel, já que vivia metida em situações arriscadas.

Virgem Santíssima, se eu me safar desta, prometo... prometo...

Ela não parava de murmurar a frase, embora não fizesse ideia do que prometer à santa.

— Flor de Minas! — exclamou Humberto, indeciso quanto a ir ou não até Isabel. — O que pretendes tu?

Sentindo que ele não se conteria, Isabel fez um barulho com a boca, algo como um *psiu*, e levantou o braço esquerdo, com o punho fechado, impondo — torcendo, na verdade — a Humberto que não se aproximasse. Este, por sua vez, deduziu que o autor dos poemas críticos pertencia ao círculo dos conjurados, já que temia ser reconhecido pela voz.

Os cães, um pouco mais calmos, mantiveram-se de guarda. Estariam eles protegendo Isabel ou dando guarida a Humberto?

— Tu esperas que eu faça exatamente o que com este poema? — questionou o rapaz, não assumindo ser o homem por trás do jornal. — Ou querias me ferir com a pedra?

Ela estava louca para falar, para mostrar sua revolta, para esfregar na cara de todos que Flor de Minas era o pseudônimo de uma mulher. Mas tudo o que Isabel fez foi mover a cabeça de um lado para o outro, o que não respondia absolutamente nada.

— Está bem. Percebo que pretendes permanecer anônimo.

O adjetivo masculino incomodou a moça, que não teve escolha senão engolir a raiva.

— Entenderei que esperas que eu dê um destino a estas palavras. — Humberto balançou o papel, enfatizando sua declaração.

Dessa vez, o movimento da cabeça dela foi para cima e para baixo.

— Certo. Verei o que está a meu alcance.

O rapaz esperou que o sujeito ocultado pelas sobras da noite emitisse algum outro sinal, mas ele não se manifestou mais. Instantes depois, foi aos poucos saindo da penumbra, aumentando a intensidade dos passos à medida que ganhava confiança para se afastar daquela situação.

O pio de uma coruja, que acompanhou tudo de seu privilegiado lugar em cima de uma mangueira, fez a pessoa em fuga dar um pulo, assustada. Sem saber exatamente o quê, Humberto notou que havia algo um tanto peculiar na postura do fulano maltrapilho. Concluiu que era a mão que agarrava firmemente o pedaço de pau. *Muito pequena, muito pequena.*

Por mais que estivesse acostumada a viver flertando com o perigo, dessa vez Isabel sentiu que o nível do risco a que se submetera superava todos os demais. Até então, jamais havia sido confrontada. Prometeu a si mesma que tomaria cuidados adicionais dali em diante.

No caminho de volta para o solar, precisou se desviar de um grupo de homens bêbados, que depreciaram o "rapazinho miúdo" com palavreado chulo e gestos obscenos. Além disso, a cachorrada seguiu Isabel fielmente, fazendo-a se passar por um andarilho cercado por cães de rua. Pelo menos, assim, ela impunha presença, o que ajudou a coibir as agressões dos embriagados.

Acontece que nenhum dos cachorros demonstrou intenção de seguir seu próprio rumo quando a moça chegou em casa. Todas as vezes que ela escapulia no meio da noite, voltava cheia de medos e cuidados, evitando ser pega. Mas os animais, agora dóceis e grudentos, não estavam facilitando a vida de Isabel.

— Aprumai o corpo e ide embora! — exigiu ela, batendo o pé no chão de pedras e apontando o pedaço de pau para eles. A voz era só um fiapo, o que não causou efeito algum.

Certa de que não seria obedecida, simplesmente os largou choramingando diante do solar e se esgueirou para dentro, rezando para não esbarrar em nenhum dos moradores, principalmente na mãe. Para sua sorte — outra vez, entre tantas —, a casa inteira dormia. Claro, Isabel era sorrateira e memorizara cada tábua mais firme do assoalho. Só pisou nelas, os pés erguidos pelas pontas, com o objetivo de evitar ruídos, que, para ela, seriam fatais.

Já na segurança do quarto, perguntou-se por que continuava vivendo daquela maneira. Será que não estava sendo idealista demais? Seu propósito era legítimo mesmo? Ou estaria apenas tentando provar a si mesma que ser mulher não limitava seu empenho nem cerceava sua coragem?

Às vezes, Isabel pensava, sim, em desistir...

Assim que se livrou das roupas esfarrapadas, colocando-as de volta no esconderijo sob a cama, a moça caiu sobre os lençóis e fechou os olhos com força, pressionando-os com os nós dos dedos. Estava preocupada. E se Humberto a tivesse reconhecido? E se ele a expusesse?

Dias após ter escutado que o responsável pelo jornal clandestino era ele, Isabel se dera uma nova missão: descobrir onde o rapaz preparava as edições do folhetim. Pensou em perguntar para Luiz em uma das cartas, mas percebeu a tempo o quanto essa atitude poderia colocar tudo a perder. Nas reuniões dos conjurados, o lugar em si não parecia um assunto relevante, desde que permanecesse "inexistente" para aqueles que o procuravam — ou seja, os Dragões do Regimento Regular de Cavalaria de Minas — a mando do governador, que, por sua vez, recebera tal missão da Coroa portuguesa.

A situação andava muito perigosa desde a nomeação do Visconde de Barbacena.

Isabel soltou uma risadinha debochada ao se lembrar de quando e como tinha descoberto a localização do jornal, algo que nem mesmo o governo, com todo seu aparato, conseguira. Graças à sua fantasia de menino miserável, passeava despercebida pelas ruas de Vila Rica. Logo, seguir Humberto em uma noite de neblina baixa rendera um frutífero resultado.

Humberto...

Por meio dos livros aprendera, casualmente, o significado do nome do homem que sempre a julgava pelo olhar de coruja observadora: brilhante e famoso pela força. Brilhante? Certo, Isabel admitia isso, pois ele fazia miséria com a imagem da Coroa portuguesa e das elites coloniais usando sua perspicácia e dom de articular as palavras. Famoso? Força? Isabel ponderou.

— Ele é alto — disse ela, para o teto do quarto ornamentado por uma magnífica pintura barroca. — E parece forte sob blusa e casaca. Ah!

Enrubescendo, a moça bloqueou os rumos dos pensamentos, muito destoantes daqueles que povoavam sua mente.

Na manhã seguinte, o dia depois do escândalo na sala de gamão do sr. Rodrigues, Isabel apareceu para o café da manhã em família antes da mãe e das irmãs. Domingas ajudava a criada a pôr a mesa, enquanto o pai lia algumas cartas. Eles não se falavam desde o ocorrido; Eugênio, porque se sentiu na obrigação de se justificar para os convidados; já Isabel, porque se escondera no quarto, envergonhada demais para encarar familiares e empregados.

— A bênção, papai.

— Aqui, beija a mão do pai.

Assim ela o fez, como de costume, mas com uma timidez que não lhe era característica. Seu olhar sempre tão firme mirava a toalha de mesa.

— Estás acanhada, pequena? — Eugênio riu, dando amigáveis batidinhas na mão da filha. — Esta tua cara lembra a de um novilho longe da mãe.

— Não pareço uma vaca, papai — protestou ela, deixando-se levar pela brincadeira.

— Pois penso que tens a fuça da Coalhada.

— Oh! — exclamou ela, fingindo sentir-se ultrajada. — Coalhada é uma vaca velha. Se ao menos o senhor me comparasse a uma mais jovem, com ares mais frescos...

Eugênio encarou a filha com ternura. Ele nunca escondera sua preferência pela caçula, apesar de jamais admitir quando questionado.

— Estás a fazer troça, contudo não consegues disfarçar teu desconforto. Sinto muitíssimo, minha filha. Tua mãe excede, reconheço. Eu mesmo senti um enorme constrangimento ontem, diante dos convidados. O que não tem remédio, porém, remediado está. Está feito, não há retorno.

Isabel concordou com o pai. A explosão de dona Hipólita deixou todos chocados, mas talvez a pessoa mais atingida, embora indiretamente, tenha sido Eugênio. Ele não sabia, ainda que desconfiasse, que alguns homens deixaram o solar da rua São José tecendo comentários muito maldosos sobre a rebeldia da menina caçula, o comportamento autoritário de dona Hipólita e, mais criticamente, a inércia de Eugênio Rodrigues.

"A mulher é quem manda e desmanda ali. Nosso anfitrião não pode com ela." "Ah, se fosse minha esposa, não perderia por esperar um belo castigo. Debaixo do meu teto, ninguém fala mais alto do que eu." Os comentários rapidamente se propagaram por Vila Rica e cercanias. Usar o tempo para falar da vida dos outros era uma prática comum entre os moradores da capitania, o famoso disse me disse.

— Logo todos esquecerão, e a boataria mudará de rumo. Gente é assim.

Domingas, que terminava de colocar a porcelana sobre a mesa, anunciou a chegada de dona Hipólita e das outras filhas. Isabel retesou a coluna imediatamente, com medo de começar o dia sendo repreendida.

No geral, os cumprimentos foram breves e secos. Carlota e Maria Efigênia tentaram fazer contato visual com a irmã, que não teve coragem de levantar os olhos para além de sua xícara. Esse comportamento de Isabel era desconcertante, pois revelava a vulnerabilidade dela, uma pessoa que fazia questão de parecer sempre tão durona.

— Ó, minha Senhora, ó, minha Mãe, eu me ofereço toda a vós e, em prova da minha devoção para convosco, consagro-vos neste dia meus olhos, meus ouvidos, minha boca, meu coração e todo o meu ser. E, já que sou vossa, ó incomparável Mãe, guardai-me e defendei-me como propriedade vossa. Amém — recitou dona Hipólita a oração de todas as manhãs antes da primeira refeição.

— Amém — repetiram os demais, ansiosos pelo fim daquele momento.

Nunca a reunião da família em torno da mesa havia sido tão tensa.

— Iremos à missa mais tarde, meninas — avisou ela, ao mesmo tempo que bebericava o café preto.

— Sim, senhora.

— Sr. Eugênio, é provável que o senhor não tenha notado, mas sabe que passei a noite sem pregar os olhos, a pensar, refletir, até encontrar uma resposta. E, mesmo que eu não estivesse disposta a pensar em coisa alguma, os nervos impediram-me de dormir, de todo modo. Portanto, a noite insone não foi inútil, embora péssima para meu estado, como sabes.

— Santinha, podemos fazer o desjejum em paz? — sugeriu ele, depois de puxar o ar profundamente. — Não é hora de sermões. Por falar nisso, já que vós ireis à igreja, peça a intercessão de Maria pelos teus nervos, Santinha. Tu sofres e sofremos todos.

— Ora, sr. Rodrigues, meus nervos estariam perfeitamente equilibrados, não fossem os aborrecimentos constantes — afirmou dona Hipólita, sem culpar ninguém explicitamente, mas de olho em Isabel. — Obviamente rezarei, como sempre o faço, pois sou uma mulher de fortes valores cristãos. — Benzeu o peito com o sinal da cruz. — Deixarei nas mãos de Deus a parte que a Ele cabe, entretanto nem tudo se resolve por obra divina. Se bem que a resposta que encontrei é provável que tenha sido soprada por Ele.

— Está certo, Santinha, conta-nos logo essa tal revelação para que possamos comer com tranquilidade.

Finalmente, dona Hipólita anunciou que, em breve, dariam um baile e convidariam as mais ilustres famílias da capitania.

— Não aprecio tais festividades, mas trata-se de um sacrifício necessário — justificou. — Uma mãe existe para encaminhar os filhos neste mundo contaminado, depois, pode morrer em paz.

As três irmãs mal acreditaram naquilo que ouviram.

— Sacrifício necessário para quê, Santinha? — indagou Eugênio, tomado de surpresa.

— Ora, não vês? Para que encontremos definitivamente um noivo para Isabel. Basta de ameaças e promessas. E o senhor trate de me auxiliar nessa árdua tarefa. É provável que haja resistência das boas famílias por essa menina ser letrada.

Entre todas as bobagens ditas pela mãe, foi a última frase que fez Isabel erguer a cabeça, sentindo-se ofendida. Saber e gostar de ler, ter conhecimento, ser consciente... A sociedade considerava tudo isso um grande defeito, caso fossem características de uma mulher. Pudera! Se até mesmo em países mais avançados mulher não tinha espaço algum, o que esperar de um local invadido por uma nação cujo único interesse era explorar a qualquer custo? Na Colônia, não havia sequer universidades para estudantes do sexo masculino! O motivo? Portugal proibia.

Sendo assim, Isabel não culpava a mãe por pensar daquela forma. Não era um defeito dela, uma falha de personalidade. Ainda assim, a moça se ressentia pela falta de compreensão.

— Começarei a planejar tudo hoje mesmo, depois da missa — concluiu dona Hipólita, para, em seguida, se concentrar na fatia de queijo com um pedaço de broa de milho ainda quente, servidos com muito esmero em um belo prato de porcelana vindo de Lisboa.

Capítulo 9

Todos os olhares se voltam para ela
O anjo barroco desliza entre os reles mortais
Não há beleza mais exuberante que a dela
Sequer o ouro que recobre altares e portais

O véu sobre o rosto esconde a verdade
Falta-lhe amor, resta a revolta
Por cumprir um papel contra sua vontade
A abraçar um destino sem volta

A bela moça de branco
Não é feliz nem mesmo contente
Obrigaram-na a conter o pranto
E aceitar viver presa sem correntes

"Fantasma", por Flor de Minas

Carlota era a mais animada das irmãs, pois veria o noivo naquela noite. Seu prometido, um fidalgo português, ocupava um cargo importante no Rio de Janeiro, onde vivia. A primogênita entre as três ansiava pela vida de casada. Não criara outras expectativas para si, aceitando que o destino de toda mulher era o casamento ou a condenação. O noivo, Manuel Dantas Maciel, vinha de uma família respeitada e, além do berço e da excelente posição, ainda tinha boa aparência.

Isabel não compartilhava tais impressões com a irmã, principalmente porque o futuro cunhado era defensor declarado da Coroa portuguesa. Lamentava por Carlota, temia que ela acabasse sofrendo depois de casada e sentia muito ter que se afastar dela. O Rio de Janeiro ficava muito longe de Vila Rica.

Isabel também não compartilhava com ela a empolgação pelo baile. Fosse um evento comum, poderia, sim, sentir-se animada, pois teria a chance de bisbilhotar conversas sobre a conjuração e provar refeições requintadas que costumavam oferecer. Mas havia um propósito que a envolvia profundamente e que não era segredo para ninguém. Aquele baile era sua condenação, como dito no poema que tinha escrito de madrugada. Esse ela não distribuiria, pois havia ficado pessoal demais. Apenas dobrou a folha e guardou-a entre as páginas do livro *As aventuras de Robinson Crusoé*, edição traduzida para o português, enviada por Luiz no último aniversário dela.

Foram três semanas do total engajamento de dona Hipólita nos preparativos para o baile e da crescente ansiedade de Isabel. A única atividade que lhe causava certo refresco emocional eram as horas dedicadas à leitura na biblioteca de padre Guimarães. Com muito custo, a mãe permitia que a caçula usufruísse de bondade umas duas vezes por semana, desde que acompanhada, papel desempenhado — a contragosto — por Domingas. Esta considerava monótono demais esperar Isabel fazer suas leituras.

— Padre, temo que minha liberdade individual esteja por um fio — desabafou ela, enquanto lia *Discurso do método*, de René Descartes. — Mamãe imbuiu-se numa única causa: casar-me a qualquer custo.

Nos últimos dias, Isabel mostrava-se bem desanimada, sem o fulgor típico de sua personalidade. Depois da noite com Humberto e os cachorros, andava quieta. Nem as escapadas em busca de informações sobre o movimento pró-independência aconteceram desde então. Todos em casa notaram, preocuparam-se, exceto dona Hipólita, que estava adorando o novo estado emocional da filha.

— E não é o casamento o destino das moças, afinal? — provocou o padre, que apreciava os debates com Isabel. — Imaginas uma vida inteira sozinha? Teus pais não são eternos. Tuas irmãs hão de partir em breve, ambas com seus respectivos maridos. Luiz é homem. Cedo ou tarde, definirá o futuro dele e construirá a própria família. Caso ele encontre uma pessoa boa, esta pode permitir que tu vivas com eles, a cuidar de teus sobrinhos. É uma alternativa, embora não haja garantias.

Isabel sabia de tudo isso, só evitava admitir para si mesma.

— O marido errado destruirá minha vida. Não seria isso pior do que depender da bondade dos outros? — questionou ela.

— Encontra o marido certo, ora pois! Tua mãe se daria por satisfeita e tu evitarias um casamento problemático.

— Sem amor?

— E o que é o amor, minha filha, o que é o amor? — filosofou padre Guimarães, instigando o interesse de Domingas, que tecia uma toalha de crochê. — Acaso tu consegues definir?

Ela tentou, movendo os lábios várias vezes, forçando uma resposta. Então, lembrou-se da estrofe de um poema de Gregório de Matos, o escritor baiano controverso, causador de embaraços na capital, Salvador, no século anterior:

— "Ardor em firme coração nascido; Pranto por belos olhos derramado; Incêndio em mares de água disfarçado; Rio de neve em fogo convertido."

Padre Guimarães não conteve a gargalhada depois de ouvi-la recitando os versos. Como era ingênua a menina!

— Percebo que tu não te recordas de outro texto sobre o amor, do mesmo poeta — disse com humor. — Retiveste as palavras românticas, a definição de amor enquanto convenção social. Se seguires por essa lógica, jamais encontrarás alguém adequado, pois temo que esse tipo de amor não exista de fato.

Isabel gastou parte do tempo de visita à biblioteca procurando as publicações de Gregório de Matos, a fim de desvendar o mistério do conteúdo do outro poema. Ao encontrá-lo, compreendeu, afinal, o argumento de padre Guimarães — e sentiu o rosto esquentar de vergonha.

O amor é finalmente
um embaraço de pernas,
uma união de barrigas,
um breve tremor de artérias

Uma confusão de bocas,
uma batalha de veias,
um reboliço de ancas,
quem diz outra coisa é besta

Usando o traje novo feito pela mais requintada modista de Vila Rica, Isabel batia alternadamente os pés calçados com sapatilhas sem salto, ao estilo bailarina. O fluido e transparente vestido em musselina, na cor verde-mar desmaiada, de cintura alta e saia que descia até os pés, sobre uma anágua branca para disfarçar a transparência, fazia dela cópia fiel das mocinhas europeias, fato consumado e que não causava nenhum constrangimento entre os membros da elite colonial.

Isabel não tinha uma opinião formada sobre esse assunto. Para a moça, roupas não eram algo relevante a ponto de gastar seus pensamentos sobre elas. Sentia-se ansiosa, pois logo se veria no centro das atenções, agindo feito uma marionete boba diante dos convidados, que não tardariam a aparecer.

Dona Hipólita passara parte do dia repetindo as recomendações que já tinha feito dias antes. Ao mesmo tempo que esperava terminar a noite com um bom arranjo de casamento para a caçula, não conseguia esconder a tensão. Os Rodrigues abriam as portas do solar para receber a nata da elite brasileira — muitos dos convidados fizeram longos deslocamentos até Vila Rica —, situação bem inusitada. Portanto, nada poderia dar errado. Nada.

Quando o relógio carrilhão do solar passou a tocar, uma a uma, as badaladas das oito horas da noite, os convidados começaram a chegar, conforme as orientações do convite. Vinham de coche, liteiras, a cavalo e até mesmo a pé, elegantemente trajados e sorrindo. Para a maioria, seria a primeira vez dentro do solar da rua São José, ainda que apenas na parte onde aconteceria o baile. Os curiosos estavam extasiados.

Eugênio Rodrigues, de braço dado com dona Hipólita, fazia as honras da família, imitado pela esposa e pelas filhas, perfiladas a um passo atrás do casal. Um conto de fadas parecia ter ganhado vida no coração de Vila Rica.

Mesmo aqueles que não tinham convites apareceram para observar a entrada de toda aquela gente pomposa. Era um espetáculo à parte, visto que, na ânsia de parecerem europeus — alguns de fato o eram —, pesaram a mão nos adereços e trejeitos. Por exemplo, sem penas de avestruz para ornar seus penteados, algumas mulheres criaram adaptações buscando inspiração nas aves tropicais. Araras — as maiores fornecedoras de penas para o baile dos Rodrigues!

Não foram poucas as ocasiões embaraçosas que exigiram das três irmãs um autocontrole hercúleo; caso contrário, teriam debochado descaradamente de certos convidados.

— Não sabia que o altar da matriz de Nossa Senhora do Pilar recebera seu próprio convite — caçoou Maria Efigênia, de um jeito que apenas as irmãs ouviram, referindo-se a uma viúva portuguesa de gosto duvidoso.

Dona Hipólita, percebendo a falta de compostura das moças, tratou de ameaçá-las com seu olhar de ave de rapina, o que bastou para colocá-las de volta no prumo.

No papel de anfitrião, nos momentos iniciais do baile, o casal Rodrigues transitou pelo salão, conversando amenidades com as pessoas, sem deixar de apresentar Isabel sempre que dona Hipólita julgava pertinente. Maria Efigênia estava no mesmo barco. Já Carlota, livre de qualquer pressão, aproveitou a companhia do noivo, por quem demonstrava um encantamento visível.

— Mamãe acabou de aceitar em meu nome mais uma contradança. Já é a terceira — choramingou a irmã do meio.

— Tu tens sorte, Efigeninha. Fui prometida a cinco pares e temo que a avidez dela me arranje mais uns três.

— Tu não és uma boa dançarina.

— Nem tu!

Elas riram de si mesmas. Enquanto isso, Carlota flutuava como uma pluma nos braços do amado.

— Feliz é ela, aquela garça sorridente.

— Tomara que sim, Efigeninha, tomara que sim.

A festa estava para completar uma hora quando Humberto chegou, acompanhado da mãe e das irmãs. A presença dele foi logo notada por Isabel, que andava temerosa de que o rapaz a tivesse reconhecido naquela noite.

Outras moças também tiveram a atenção atraída por ele, cuja aparência destoava de quase todos os demais jovens do baile. Alto, com cabelo e barba escuros, porte esguio e olhar sagaz. Era difícil negar que Humberto era charmoso. Já Isabel, ela preferia não enveredar por esse caminho.

O rapaz e a família cumprimentaram o casal Rodrigues, mas Humberto fingiu não ter avistado Isabel, sentada a alguns metros de distância dos pais, com a irmã do meio. Mais cedo, durante os preparativos para o baile, a mãe dele abordara a intenção de Eugênio e dona Hipólita de encontrarem um pretendente para a caçula.

— Parece-me uma decisão um tanto repentina, não? — dissera ela a Humberto. — Não deveria ser a menina do meio a próxima?

Ele em nada contribuiu para aplacar a curiosidade da mãe. Embora estivesse ciente do motivo da pressa, não tinha o direito de expor ninguém. Além disso, pela reação de Isabel no fatídico dia na sala de gamão, a moça não pretendia se casar tão cedo. Aquele baile, apesar de opulento e aparentemente alegre, tinha um propósito nada louvável — do ponto de vista dele.

Os olhos perspicazes de Isabel acompanhavam os movimentos de Humberto pelo salão desde a chegada do rapaz. Ela culpou a cisma pela última vez em que o viu, mas talvez não fosse só isso. Havia uma certa admiração, algo que a moça não queria alimentar.

Essa observação à distância não se prolongou muito. A orquestra logo anunciou o início das contradanças. Sendo assim, os pares se juntaram, encaminhando-se até o centro do salão. Sem escolha, Isabel acompanhou o primeiro rapaz da extensa lista organizada por dona Hipólita. E assim a noite seguiu, dança após dança, com inúmeros rapazes e o desinteresse crescente da moça por eles. Ela os caracterizou criteriosamente, segundo suas percepções.

O primeiro, enquanto durou a valsa, exibiu a fortuna do pai, um rico latifundiário da comarca de São João d'El-Rey. Para ele, castigar escravizados "quando eles davam motivos" não era nada de mais. Isabel o desprezou já nos primeiros instantes de interação.

O segundo sujeito parecia um bicho do mato. Tímido, inseguro, mal olhou para o rosto dela. Seu desconforto deixava claro que, tanto quanto ela, ele também não queria estar ali. Isabel sentiu pena, mas não a ponto de se apegar.

O terceiro nitidamente tentou se aproveitar dela. As mãos não se mantiveram pousadas de maneira respeitosa, buscando formas de encostar onde não deveriam. Na metade da contradança, a moça sussurrou em tom ameaçador: "Tivesse eu uma espada afiada, cortava tuas mãos diante de todos aqui presentes". Isabel o abandonou no meio da pista.

O quarto rapaz era um militar de alta patente. Não falou muito, mas as poucas palavras proferidas se concentraram em "exterminar os selvagens", "garantir a segurança da Colônia", "servir a Portugal". Isabel cogitou escrever um poema de escárnio sobre ele.

Na quinta contradança, ela já não suportava mais rodopiar, ouvir besteiras e se segurar para não cuspir um monte de impropérios. Isabel simplesmente ignorou o último.

Sem fôlego, ela foi em busca de ar puro no jardim do solar. Enquanto admirava o céu, perguntou-se se não acabaria em um convento, já que não aceitaria compromisso com nenhum daqueles cinco, nem se uma lança pressionasse seu pescoço. A luta seria árdua, pois dona Hipólita não se contentaria com uma simples negativa. Logo, só lhe restava a segunda opção.

Casar-se, ser freira, fugir...

Que sina! Não poder administrar a própria vida era um castigo.

Um vento fresco soprou de repente, aplacando o calor provocado pelas contradanças e pela indignação. Isabel ergueu o rosto e fechou os olhos para aproveitar melhor a brisa. Então, foi inspirada por uma luz interior, que despertou a lembrança do conselho que recebera de padre Guimarães:

"Encontra o marido certo, ora pois."

Capítulo 10

Minas de ouro?
Ou Minas de sangue?
Depende de como vês

Há quem lucre
Há quem pene
Eu só não entendo o porquê

Quem já tem tudo quer ter mais
Quem nada tem segue oprimido
Sim, senhor, vossa mercê

"Sangue dourado", por Flor de Minas

Meu querido irmão Luiz,

Como tens passado? Espero, do fundo do coração, que tu estejas bem. Não negligencies tua saúde, por favor. Tua vida é muito preciosa para todos nós. Sinto saudade de ti. A cadeira vazia de frente à minha na mesa de refeições recorda-me, três vezes ao dia, de tua ausência. Que maravilha seria se tu voltasses! Porém, devo deixar o egoísmo de lado e entender que teus caminhos quem determina és tu.

Escrevo-te hoje para colocar-te a par dos últimos acontecimentos. Demos um baile em casa. Sim! Tu imaginas mamãe na posição de anfitriã? Claro, ela recebe em casa, mas poucas pessoas por vez, para um chá, um café com broa, para fazer novenas... No entanto, Luiz, ela deu um baile! Havia tanta gente! Não, mamãe não está mudada. Talvez tu te ponhas a pensar coisas aí. A razão de tudo isso sou eu.

Ela não suporta mais minha personalidade. Portanto, quer me meter num casamento a qualquer custo, senão irei para um convento. Nenhuma das opções me apetece. No baile, dancei com cinco rapazes e todos eles me deram urticária. Um foi descarado, mas poupar-te-ei dos detalhes; não vêm ao caso.

Então, de súbito, uma ideia me surgiu! Não me condenes, querido irmão, por tentar uma saída menos deplorável. Caso contrário, resignar-me-ei, isto é, preferirei ser freira a me unir a alguém que me fará infeliz.

Eis aqui meu plano:

(...)

Por favor, irmão, não me julgues. Sinto-me apavorada o bastante com a perspectiva de seguir em frente, porém ainda determinada.

Amo-te muito e sonho em rever-te tão logo seja possível.

Com afeto,

Isabel

Dona Hipólita andava inconformada por não ter surgido nenhuma demonstração de interesse em Isabel. Dias depois do baile, só se falava na qualidade da música e da comida, na beleza da decoração e nas boas maneiras dos anfitriões. Também comentavam sobre os trajes — belos, estilosos, extravagantes —, mas não se ouvia uma palavra sobre a caçula dos Rodrigues.

Esta, por sua vez, parecia aliviada, mas procurava não demonstrar. Assim, não atraía a ira da mãe, que culpava a filha pelo desinteresse geral.

— Certamente, tu disseste barbaridades aos rapazes — acusava, mesmo que não tivesse provas. — Tu és bem-nascida, teu pai é um homem respeitável, temos dinheiro, não é possível ninguém te querer.

As acusações ofendiam Isabel, que preferia encará-las com leveza. Atrevimento apenas irritaria ainda mais a mãe.

— Provavelmente não sou bela o bastante, mamãe.

— Virgem Santíssima, e quem se importa? Uma moça não depende da beleza quando vem de uma família como a nossa.

— Deixa-a em paz, Santinha — intervinha Eugênio, esgotado. O homem tinha preocupações muito mais relevantes. A fixação da esposa em arrumar um marido para Isabel o estava tirando do sério.

— Conheço bem a menina. Se afrouxarmos novamente, ela apronta.

As reuniões sociais no solar passaram a ser mais frequentes a partir daquele evento. Geralmente, compareciam senhoras e filhas para um chá da tarde com dona Hipólita e as meninas. A esperança da matriarca dos Rodrigues era, em uma dessas, finalmente arranjar um matrimônio para a caçula rebelde. Àquela altura, contanto que fosse um sujeito bem colocado e respeitável, nem importava tanto não pertencer ao primeiro escalão da elite colonial.

Mas existia um problema difícil de solucionar — e dona Hipólita relutava em assumir sua responsabilidade: o escândalo que ela mesma provocara diante dos conjurados, que repercutiu ainda pior do que o jeito avançado de Isabel. Comentavam sobre o destempero da mulher por todos os cantos de Vila Rica e as mães mais precavidas temiam que a loucura fosse uma doença de família.

Ainda assim, a determinação de dona Hipólita seria digna de elogios, caso ela a usasse em uma causa mais altruísta.

— Eu apenas me preocupo com o futuro das meninas — repetia a todo momento.

E não era mentira. Em suas orações diárias, pedia sempre à Nossa Senhora, que também era mãe, que não permitisse a sua morte antes de garantir a tranquilidade das filhas.

Dessa forma, a atmosfera no solar andava tensa, mesmo entre as três irmãs. Quanto a Eugênio, além de lidar com a neurose da esposa, preocupava-se com os rumos dos acontecimentos políticos em Minas Gerais. Passava da hora de os revoltosos alcançarem um resultado efetivo.

Assim, os dias amanheciam e se despediam, desacompanhados de qualquer novidade capaz de alterar o estado das coisas, fosse em casa ou de maneira geral. Até que a resposta de Luiz à carta de Isabel foi entregue pelo mensageiro, em uma quarta-feira chuvosa, pela manhã.

Ela esperou a correspondência com muita ansiedade, maior do que de costume, e chegou a crer que Luiz a deixaria sem retorno, tamanha a demora.

Decerto choquei-o ao extremo dessa vez, imaginou, temerosa.

Na verdade, tratava-se de duas cartas: uma endereçada à irmã e outra destinada ao pai. Isabel tomou o envelope que lhe pertencia da mão de Domingas e fugiu para o quarto, onde poderia ler a carta em segurança.

Isabel, minha querida e inconsequente irmã,

(Ela odiou a escolha do adjetivo inconsequente.)

Encontro-me bem, cá em Portugal, porém surpreso com os mais recentes acontecimentos desse lado do Atlântico. Permite que eu vá direto ao ponto a respeito do que tu me informaste na última carta: não faças absolutamente nada! Eu, sinceramente, espero que tu não tenhas agido de maneira impulsiva. Por pouco não tomei um navio para o Brasil e fui em pessoa resolver tua situação. Entretanto, confio em teu juízo, embora te falte um pouco de lucidez.

(Outra vez, Isabel não gostou da colocação do irmão.)

Acalma teu coração. Tudo será resolvido sem que tu necessites intervir, ao menos não diretamente. Também escrevi uma carta ao nosso pai e o coloquei a par de tudo. Estou certo de que ele será um grande aliado no que está por vir.

(Isabel, nesse trecho, soltou duas ou três imprecações. Jamais uma carta de Luiz tinha estado tão cheia de enigmas.)

Apenas espera. Tu consegues, certo? Não te metas em encrenca, por tudo o que há de mais sagrado. Confia em mim e em nosso pai. Logo tudo solucionar-se-á.

Do teu irmão saudoso e que muito te quer,

Luiz

Depois de reler a carta incontáveis vezes, a irritação de Isabel ainda não tinha passado. O que mais existia naquela folha eram súplicas para que ela não movesse uma palha. Mas o teor do plano de Luiz, só ele e o pai sabiam. *Que injusto! Trata-se da minha vida, do meu futuro!*

Isabel tentou extrair alguma informação de Eugênio, invadindo seu escritório assim que a mãe saiu com Domingas. Era dia de feira, e a mãe tinha o costume de comprar legumes pessoalmente.

— Papai, o que Luiz está a tramar com o senhor? Comigo ele falou em códigos.

— Não há nada de concreto a ser dito, pequena. Tudo ainda são apenas conjecturas. Caso a ideia de teu irmão se mostre efetiva, tu serás uma das primeiras pessoas a saber.

Era muito frustrante, mas Isabel acabou por se resignar. Procurou se distrair daquele assunto e voltou a prestar atenção nas confabulações dos conjurados.

O nome Flor de Minas passava de boca em boca desde que o poema havia sido publicado no folhetim de Humberto. Para sua surpresa, os Dragões espalharam panfletos pela vila, deixando claro que a Coroa portuguesa seria generosa com quem entregasse o autor por trás do pseudônimo de bandeja para o governador mineiro. Em vez de se amedrontar, Isabel achou bem divertido. Pelo menos a vida dela não era pura monotonia. Havia uns refrescos.

Por outro lado, a repentina tranquilidade da mãe, que de súbito parara de falar em casamento, não parecia um bom sinal. Conversando, as três irmãs não chegaram a conclusão alguma, mesmo porque cada uma delas tinha um ponto de vista diferente sobre o novo estado de dona Hipólita.

— Ela se decepcionou, porque não obteve sucesso. Simplesmente nenhum rapaz aceitável demonstrou inclinação para cortejar-te, Isabel. — Para Carlota, a causa da desistência da mãe era essa.

A primogênita optou por manter escondido das demais o que o noivo lhe contara. Segundo ele, a fama de Isabel corria longe. Nem tanto os rapazes, mas as famílias deles consideravam-na muito avançada para os padrões da época. Uma moça que vivia enfiada no meio dos livros, cujos títulos causavam alvoroço até mesmo em países europeus de vanguarda, como a França, não se transformaria facilmente em uma boa dona de casa e mãe de família. Outra característica questionável, segundo as bocas maliciosas, era a benevolência de Isabel para com os párias.

Houve um princípio de discussão entre Carlota e Manuel por conta desse relato, mas o rapaz contornou o problema, afirmando não pensar como toda aquela gente. Pelo menos foi o que ele garantiu naquele momento.

— Pois, para mim, ela não desistiu ainda. Está a ganhar tempo para retomar o plano casamenteiro. — Maria Efigênia não punha fé na crença da irmã mais velha.

— Não sei... Talvez agora seu maior objetivo seja me enviar para um convento. Perguntei a padre Guimarães se mamãe o procurara com tal intento, o que ele negou. Ainda assim, não sei...

Não saber costumava ser pior do que receber logo uma notícia ruim. As incertezas consumiam Isabel, além do conluio ainda não esclarecido entre Luiz e o pai.

Até que, no fim de uma tarde úmida no início de outubro, depois que Isabel voltou da casa paroquial abraçada a um livro novo, dona Hipólita pediu que a filha se lavasse, colocasse um vestido bonito e se apresentasse na sala de estar em trinta minutos.

— E deixa o livro no quarto — exigiu.

Sentiu o coração batendo forte, reverberando dos pés à cabeça, desde o momento em que recebera as ordens da mãe. E não ousou desafiar nenhuma das exigências dela. Até a escolha do vestido ocorreu em consonância com o gosto de dona Hipólita. Domingas e as irmãs ajudaram-na a ficar pronta o mais rápido possível. Sozinha, não teria conseguido, pois seus dedos não paravam de tremer.

— Acreditais vós que esta é a primeira vez que me sinto assim, tão nervosa? — desabafou Isabel, demonstrando uma fragilidade que não lhe era típica.

— Pois vais ver o que te aguarda, minha irmãzinha. Ainda que tu recebas uma notícia ruim, nada é mais sofrido do que a expectativa. — Carlota abraçou Isabel, bem como Maria Efigênia.

Até mesmo a rígida Domingas se viu amolecida naquele momento tenso. Foi a mão dela que apertou a de Isabel, em meio aos abraços das três irmãs.

Capítulo 11

Quando os sinos dobram na torre da matriz
É um aviso...
Morreu alguém?
É batizado do neto do barão?
Matrimônio?
Dia de santo?

Não importa, não importa!
Deixai uma ou duas pepitas na mão do padre
Fazei uma doação
Oferecei farto banquete ao bispo

Se assim for
Podeis morrer,
Podeis nascer,
Tudo vos será permitido
Com uma ou duas pepitas na mão

"Em nome da (má) fé", por Flor de Minas

Havia uma pessoa estranha na sala, sentada de costas para a porta, quando Isabel entrou. Eugênio conversava com essa pessoa, enquanto dona Hipólita, de pé e com as mãos unidas sobre o colo, alternava a atenção entre eles e a porta, por onde a moça passou sem esconder a ansiedade.

A mãe examinou rapidamente a filha, balançando a cabeça em aprovação. O vestido caía impecavelmente pelo corpo dela, e a escolha da cor, um tom pálido de amarelo, quase bege, dava a

Isabel uma aparência angelical. A reação positiva de dona Hipólita foi no mínimo surpreendente. Ou ela estava fora de si, ou uma bomba explodiria em instantes.

Enlaçando a filha pelo braço, a mãe a conduziu até o sofá, fazendo-a sentar ao lado do pai e de frente para o convidado. Ver-se diante de Humberto, tão de perto, e sem qualquer explicação prévia, deu um nó na cabeça de Isabel.

A primeira coisa que lhe ocorreu foi: *Descobriram que Flor de Minas sou eu.* Seu rosto perdeu a cor ao imaginar a gravidade do castigo que não demoraria a receber. Talvez a benevolência de dona Hipólita fosse o prenúncio de uma tempestade após a calmaria. Odiou Humberto por acreditar que ele a havia delatado aos pais, ódio que durou apenas os segundos anteriores à revelação da verdade.

Eugênio Rodrigues cofiou o farto bigode algumas vezes. Só então, sentiu-se pronto para explicar os fatos à filha caçula.

— Minha pequena, tu nasceste e cresceste nesta família, cujo princípio maior é o respeito. Creio que tu te sentes oprimida, carente de liberdade, como nos demonstra constantemente quando deixas transparecer a revolta diante de aspectos que pouco incomodam outras pessoas, outras mocinhas.

Isabel estava estática, mal piscava.

— Eu lamento muito que não haja espaço para ti nesta sociedade, lamento mesmo, minha filha. Como pai, meu sonho é que todos os meus filhos sejam felizes. Porém, acima disso, acredito que está a segurança. Infelizmente, uma moça jamais se sentirá segura sem o amparo de um pai ou de um irmão ou de um marido. Não digo que concordo nem que sou contra. Esta é a vida. Se eu morrer amanhã, quem há de amparar-te?

Pela direção da conversa, Flor de Minas parecia a salvo. Uma preocupação a menos para Isabel.

— Luiz... — balbuciou ela, mais esperançosa do que confiante.

— Luiz está longe de ser um porto seguro para ti e tuas irmãs — contestou dona Hipólita, impaciente com a longa explicação do marido. — Caso ele retorne um dia da Europa, haverá de ter a própria família da qual cuidar.

— Não sejas tão irascível, Santinha, nada sabemos sobre o futuro. O que conseguimos fazer é cuidar para que tudo se encaminhe de maneira aceitável. Mesmo assim, é impossível evitar todos os percalços. A vida é imprevisível.

Isabel ainda não supunha onde aquela conversa desaguaria. Talvez ela imaginasse, sim, mas o calor do momento não a deixava pensar com clareza.

— Pois bem, visto que tua mãe insiste em te arranjar um bom matrimônio e com a certeza de que tu não tens vocação para a vida religiosa — Eugênio deu batidinhas no joelho de Isabel, caçoando explicitamente da segunda opção —, tivemos que encontrar uma saída satisfatória, minha filha. Após ler e reler a carta de Luiz, tua mãe e eu refletimos juntos. Por fim, estive com Humberto e acertamos as condições.

O rapaz, impassível até aquele momento, remexeu-se no sofá. Impossível não perceber seu desconforto, piorado com a encarada perplexa de Isabel.

Pai e filha trocaram olhares também, ambos cientes de um outro fator que motivara aquela decisão aparentemente súbita. Mantiveram o segredo, por ora.

— De hoje até a data da cerimônia, que definiremos em breve, este é teu noivo, Isabel — anunciou o pai, que voltou a cofiar o bigode, sua maior marca de expressão.

— E, de hoje em diante, a senhorita é uma moça comprometida — alertou dona Hipólita, nada diplomática. — Trata de te comportar melhor, se não por nós, pela reputação da família de teu noivo.

Não havia nenhum tipo de sentimento envolvido naquele arranjo. Humberto tinha certeza de que não gostava de Isabel, pelo menos não romanticamente. Como pessoa, achava-a bisbilhoteira e irritante, sempre espreitando, surgindo onde não deveria estar. Percebia, no entanto, que ela não era uma moça comum, só não original o suficiente para tentar Humberto. No máximo, ele se compadecia por ela, pelo seu inconformismo perante as convenções sociais.

Então, por que disse sim à proposta feita por Eugênio, endossada por Luiz? Considerando que ele era homem, um rapaz estudado e de família renomada na capitania, não lhe faltariam chances de encontrar uma noiva, tão logo ele decidisse se casar — o que não havia passado por sua cabeça até o momento.

Em uma noite de reunião dos conjurados, depois de uma acalorada discussão com trocas de acusações pesadas entre alguns membros — Tiradentes era um deles —, Eugênio pediu a Humberto que ficasse um pouco mais, pois gostaria de conversar seriamente com o rapaz. Estavam na sala de gamão do solar da rua São José. Daquela vez, Isabel não aparecera para xeretar, já que não guardava boas lembranças da última ocasião, quando foi constrangida pela mãe.

A princípio, Humberto imaginou que o sr. Rodrigues trataria de algo específico da conjuração, talvez uma publicação especial no folhetim. Entretanto, absolutamente nada o preparara para o que ouviria.

— Por favor, filho, não julgues prematuramente a oferta que te farei. É provável que pareça um ato de desespero, ainda assim estou pronto a me arriscar. Apenas peço que esta conversa não saia desta sala. Bom, de todo modo, acredito em tua discrição, haja vista tua participação exemplar no movimento.

Eugênio foi franco com Humberto. Esclareceu que a personalidade de Isabel não era nada convencional, mas que as represálias de dona Hipólita faziam com que as coisas parecessem piores. O ápice dos embates gerou um impasse difícil de solucionar. Humberto se lembrava bem das condições.

— Casamento ou convento.

— A menina causaria um rebuliço no convento caso fosse encaminhada à vida religiosa. — Eugênio conseguiu rir da situação. — E, para tanto, teríamos de mandá-la para a Europa ou, quiçá, a Salvador.

Humberto temia o desenrolar daquela conversa. Inteligente, a dedução parecia óbvia. Porém, manteve-se atento, sem se posicionar.

Em seguida, o importante membro da elite mineira — mas, naquele momento, somente um humilde pai buscando o melhor para a filha amada — relatou o insucesso da manobra da esposa, cujo baile para apresentação de Isabel a noivos em potencial não tinha alcançado o resultado almejado por ela.

— Isabel não é uma moça de caráter dócil — admitiu ele. — Embora eu não esteja certo, desconfio de que ela tenha contribuído para desencorajar os rapazes. Santinha, a mãe, acredita piamente nisso. Um inferno, meu caro jornalista, um verdadeiro inferno. Pressionada, a menina decidiu desabafar com Luiz. Os dois são bem próximos, em idade e temperamento.

Eugênio não se deteve em pontos da carta que não diziam respeito a Humberto, preferindo ir direto ao ponto:

— Isabel disse ao irmão que, entre se casar com alguém de personalidade duvidosa ou ir para o convento, era melhor sumir no mundo. Contudo, após receber conselhos de padre Guimarães, os quais acredito que ela interpretou conforme lhe convinha, decidiu pôr em ação outro plano.

O restante da história era surpreendente. Mesmo um sujeito vivido como Humberto precisou de um tempo para assimilar a revelação.

— Eis o motivo desta conversa constrangedora, meu rapaz. Minha querida filha, criada sob as mesmas regras das irmãs, anunciou a Luiz que te procuraria para, em pessoa, pedir-te em casamento.

O choque de Humberto ficou estampado no rosto. Eugênio preferiu olhar em outra direção para evitar a perplexidade do jovem. Que situação constrangedora!

Na sequência, passado o primeiro impacto da ideia maluca de Isabel, Eugênio mencionou a carta de Luiz para o pai e a tentativa dele de refrear o impulso da irmã, sem descartar completamente a proposta dela.

— Isabel não te ama, nem sequer tem uma faísca de interesse por ti, bem como tu, da mesma forma, não cultivas nenhum sentimento por ela. O que ela quer é liberdade, e crê que a saída pode estar contigo. — O sr. Rodrigues limpou a garganta, pois entraria em uma questão mais delicada. — Por outro lado, aparentemente, nada há de vantajoso para ti. Antes de prosseguir com esta conversa, entretanto, considero necessário ressaltar que, deste ponto em diante, Isabel não tem a menor influência, sequer está consciente do que abordarei a seguir.

Humberto anuiu. A cabeça dele pulsava de dor. Momentos nervosos sempre desencadeavam no rapaz uma forte enxaqueca. Mas ele resistiu.

— Não é segredo para mim que tua família passa por certas privações, o que era impensável num passado nem tão longínquo, quando teu prezado pai era um astuto homem de negócios. Não estou a dizer que se encontram falidos agora; nada disso. Todavia, os tempos são outros e mais difíceis, meu rapaz. Impostos abusivos, tu sabes bem.

Eugênio Rodrigues foi muito explícito com Humberto. Como único homem da família Meneses Maia, precisava zelar pelo bem-estar da mãe e das irmãs, sendo que estas já tinham idade para se casar.

Nem foi preciso explicar muito depois desse ponto ser exposto. A preocupação de Humberto com o futuro de sua família o deixava sempre em alerta. Dentro de casa, notava-se sutilmente a decadência das condições, desde reparos por fazer, até as vestes fora de moda das meninas. Os sinais já apareciam antes mesmo do falecimento do pai. No fim de sua vida, seu tino para os negócios já não andava tão aguçado quanto antes.

— Não se trata de querer comprar-te, tampouco oferto Isabel como um bem do qual desejo me desfazer. Proponho-te um negócio — concluiu Eugênio Rodrigues, deixando o lado pragmático sobressair ao sentimental. — Jamais permitiria que minha filha implorasse tua ajuda. E, acredite, ela o faria! Engoliria o orgulho, tudo! Isabel mal te conhece, mas decidiu que seria tu seu salvador. Tal atitude arruinaria definitivamente a reputação dela.

Contudo, como pai e com uma justificativa plausível, a intervenção de Eugênio não seria questionada por sequer uma alma de Vila Rica. E foi assim que Humberto acabou concordando com tamanha maluquice. Pelo amparo eterno à família, aceitou se casar com Isabel.

— Antes de selarmos o acordo, todavia, farei três pedidos a ti. O primeiro é que ninguém deve saber os detalhes desta conversa. Apenas tu, Isabel, Luiz e eu temos conhecimento da realidade dos fatos. O segundo diz respeito ao local onde morarão. Já que o jornal clandestino funciona nos arredores do casarão de tua família, não podes te afastar de lá, porém seria prudente dar um novo lar às tuas irmãs e mãe.

No fundo, além do risco de o periódico ser descoberto, Eugênio estava certo de que Isabel se meteria em encrenca convivendo diariamente com sogra e cunhadas. Ele não verbalizou a preocupação, mas Humberto, de bobo, não tinha nada.

Por fim, em um tom de voz mais paternal, impôs a última condição:

— Não trates mal minha filha. Ela é o que é, chegou a este mundo com tanta dificuldade, que acredito que Nossa Senhora interveio. Portanto, há um propósito, creio. Se desejar liberdade é o pecado dela, nós dois, tu e eu, estamos fadados ao inferno também.

Enxergando Isabel com outros olhos pela primeira vez, Humberto se perguntava se não estava embarcando em uma expedição sem volta aos confins da América. A moça podia ser pequena em tamanho, mas, se precisasse lutar contra uma onça, no meio da selva, apenas com as mãos, lutaria.

De repente, sentado na sala de estar dos Rodrigues, Humberto percebeu que a onça era ele e que a guerreira Isabel, sedenta por liberdade, estava pronta para qualquer fera que ousasse atrapalhar seu caminho.

Capítulo 12

Lá vão aqueles homens para o Rio de Janeiro
A pé e acorrentados, direto para o tribunal
A serem julgados como rezam as leis portuguesas
Pois são criminosos, porém homens brancos
Gente de pele clara não é tratada como um animal

"Quadrilha da Mantiqueira", por Flor de Minas

Os sinos da igreja do Rosário davam a notícia de que, em algum lugar de Vila Rica, acontecia um trabalho de parto difícil, perigoso. Todos os habitantes foram informados naquele momento, mesmo que nem uma só palavra estivesse sendo emitida.

O badalar dos sinos das igrejas de Minas Gerais desde sempre contava histórias. Isso poderia surpreender um desavisado, mas jamais um cidadão das primeiras cidades dos mineiros.

Ao ouvir o som ritmado, Isabel foi transportada para o dia de seu nascimento. Não eram memórias dela, claro, embora tivesse criado uma imagem mental da cena. Os sinos também tocaram daquela forma na tarde em que Isabel chegara ao mundo.

"Irrequieta Isabel." "Isabel teimosa." "Turbulenta menina." Diziam por aí que os rótulos moldavam a personalidade.

Se isso era verdade ou não, fato era que Isabel cresceu acompanhada desses adjetivos, até que ela mesma os atribuiu ao seu próprio caráter. O nome tinha sido escolhido para homenagear Santa Isabel de Portugal, cuja vida de sofrimento e abnegação inspirou dona Hipólita. Porém, Isabel Alvarenga Rodrigues fez seu próprio nome e, desde então, escrevia um novo capítulo de sua história.

Ela e Humberto não conseguiam se encarar. Os olhares teimavam em percorrer a sala, fazendo questão de saltar o rosto um do outro. Haviam sido deixados a sós logo depois que os fatos foram expostos. O casal Rodrigues entendeu que os dois jovens precisavam de uma conversa franca, possível apenas se estivessem sozinhos.

Esfregando as mãos miúdas, Isabel queria ser a primeira a falar, mas as palavras a tinham abandonado naquele instante constrangedor. Em sua mente, rodavam fragmentos de tudo o que queria dizer, mas estavam todos embaralhados, dificultando a coerência.

Nada disso passou despercebido por Humberto, que decidiu tomar a frente, poupando Isabel de um embaraço maior.

— Vejo que estás nervosa e surpreendentemente tímida. Pois acalma-te. O arranjo foi feito, conforme tu planejaste. Prosseguiremos com o acordo, vantajoso a nós dois. Para o resto do mundo, será apenas mais um casamento, como tantos que acontecem nesta sociedade cheia de regras.

A voz de Humberto era firme, grave, segura. O único adjetivo que Isabel preferiu não incluir na lista foi "charmosa".

— Sei que choquei a todos quando informei a Luiz que eu mesma tomaria a iniciativa — assumiu ela, mirando a ponta dos sapatos. — Foi um ato de desespero. Mas quero deixar claro que eu teria seguido adiante.

Humberto soltou uma risadinha, não porque estivesse contente. O riso era sinal de incredulidade. De onde Isabel tirava aquela coragem toda?

— Por favor, aplaca minha curiosidade. Assim que soube o que tramavas, estou a me questionar... por que eu, entre tantos jovens certamente mais adequados?

Isabel já esperava aquela pergunta, feita a si mesma diversas vezes. Nem por isso sentiu-se menos envergonhada. Ainda assim, procurou ser o mais franca possível. De tanto observar o pai, compreendia que honestidade era fundamental para o bem de qualquer negócio.

— Apetece-me saber das coisas — admitiu, deixando a mente vagar pelas incontáveis reuniões confidenciais que já tinha espreitado. — Há quem diga que sou enxerida. Acredito que tu és alguém que pense assim, pois não foram poucas as vezes que me viste... hum... a bisbilhotar por aí.

— É verdade. Tu és sorrateira como um rato, sempre de tocaia. O que ganhas ao agir dessa maneira?

Não estava nos planos de Isabel revelar que coletava informações para transformá-las em poemas satíricos e disseminar sua revolta contra o Reino entre a população de Vila Rica. Isso ela não assumiria nem para Humberto, seu futuro marido.

— É fundamental que tu saibas, desde já, que não sou uma alienada. Portanto, as mazelas do mundo me incomodam. Culpa de Luiz, dos livros, de padre Guimarães, de papai? Bem, cada um deles contribui para que eu seja uma mulher informada, mas nasci com ganas de saber. Mesmo que essas pessoas e as leituras que faço não tivessem aberto caminhos para mim, eu fatalmente chegaria a eles.

Humberto jamais ouvira uma mulher se explicar com tanta segurança, tampouco defender um tema indiferente à maioria das outras. Era fascinante.

— Tantas reuniões entre papai e o grupo ao qual tu também pertences, bem debaixo do nosso teto! Eu jamais as ignoraria.

— Outras moças não dariam importância alguma a um bando de homens a jogar gamão e fumar charuto...

— Não sou como as outras. — Isabel foi taxativa, caso Humberto ainda não tivesse entendido. — Logo, vi e ouvi o suficiente para saber o que está a acontecer. Jogar gamão, fumar charuto *e tramar...*

Pequena, bisbilhoteira e perspicaz. Assim Isabel foi definida por Humberto enquanto ele ouvia o relato dela. Até então, o jovem atribuía a ela apenas os dois primeiros adjetivos da lista.

— Espero que tu compreendas quão arriscado é o que fazemos — alertou o rapaz. — Nada do que discutimos pode ser mencionado.

— Desse jeito tu me ofendes, sr. Humberto de Meneses Maia. Porque sou mulher, sou suscetível à tentação de espalhar boatos pela cidade ou de fazer intrigas diante da mesa de chá? Garanto que tais ações são mais comuns no meio masculino. Ou acaso esqueceste de que o escândalo feito por mamãe se espalhou rapidamente por Vila Rica? Sinto-me no dever de lembrar-te que apenas homens saíram desta casa depois do ocorrido.

Humberto se engasgou com o ar. Previa que a vida perto de Isabel seria como o relevo de Minas Gerais.

— Perdoa-me, senhorita.

Ela meneou a cabeça.

— Mas ainda não sei por que fui teu escolhido. Envergonha-me assumir que, do meu lado, a intenção é evidente. Porém, permaneço no escuro em relação ao teu interesse em nosso futuro matrimônio.

— Tu és um idealista e dedicas-te a uma causa nobre. Também escondes segredos, dos quais outras pessoas não podem tomar conhecimento, eu sei. Entretanto, manterei minha boca fechada. Não te serei um estorvo. Nós não nos amamos. Honestamente, nem sequer gostamos um do outro.

Esse ponto da explicação causou uma pequena ferida no orgulho de Humberto.

— Porém, casando-me contigo, evitarei um marido opressor, que me proibirá de visitar a biblioteca de padre Guimarães, entre tantas outras imposições que acabariam por me matar por dentro, pouco a pouco. Abomino a forma como Portugal administra a Colônia. Tenho ódio de escravocratas. Rechaço o extermínio físico, religioso e cultural dos nativos. Pela Virgem Maria, como minha mãe poderia me conceder a qualquer outro homem, a não ser a ti, sr. Humberto, que defende as mesmas ideias que eu? Entendes agora o motivo da minha ousadia?

Ele não só entendia, como sentia-se embasbacado com a clareza das intenções de Isabel. De fato, ela tinha uma razão irrefutável, enquanto a dele lhe causava vergonha.

— Não será um matrimônio real — afirmou ela, fixando o olhar em Humberto pela primeira vez. Queria se certificar de que ele aceitaria essa condição. — Viveremos sob o mesmo teto, porém como estranhos.

— Sim — disse o rapaz, pois ter intimidade com Isabel também não estava em seus planos. — Obviamente.

Estavam entendidos, então.

Tarde da noite, já de camisola, vislumbrando as silhuetas noturnas pela janela de seu quarto, Isabel desfrutou de uma leveza emocional que há tempos não sentia. Também se parabenizou pela jogada de mestre, mesmo que as peças tivessem sido dispostas pelo pai e pelo irmão. O que importava? A ideia partira dela!

Apesar disso, não conseguia dissipar o pequeno incômodo que insistia em cutucar seu peito, algo que viveria dentro dela por um bom tempo, sem que Isabel pudesse eliminar ou, pelo menos, entender.

Ficou acertado que Carlota e Isabel se casariam no mesmo dia, uma cerimônia dupla para celebrar a alegria de dona Hipólita, que não continha a sensação de vitória. Finalmente, a caçula deixaria de ser um fardo e tornar-se-ia uma senhora casada, uma mulher de respeito. Valera a pena todo o esforço. Ela só não sabia que tudo não passava de uma artimanha. Dessa verdade, dona Hipólita havia sido poupada.

Quem não entendeu bem a decisão do filho foi dona Glória, mãe de Humberto. Nem ela nem as filhas jamais ouviram o nome de Isabel. Mesmo durante o baile no solar dos Rodrigues, não houve uma só vez em que o rapaz tivesse tentado se aproximar da moça. A notícia do casamento, além de repentina, pareceu estranha.

Escondendo aquilo que não podia ser revelado, Humberto deu uma explicação sucinta à mãe, ressaltando a vida mais confortável que as três — mãe e irmãs — voltariam a ter. Mas dona Glória não se deu por satisfeita. Temia que o filho fosse infeliz ao lado de uma jovem de personalidade forte e conduta, por vezes, inapropriada. Se aceitar a proposta de Eugênio Rodrigues estivesse unicamente vinculado à melhoria das condições financeiras da família, ela desaconselhava o filho a prosseguir com o acordo.

Aparentemente, era essa a única razão. Mas somente Humberto sabia que aquele matrimônio não colocaria em risco o movimento dos conjurados nem o envolvimento dele. Isabel sabia de muita coisa e não espalhou o segredo, tampouco achava absurdo o ideal dos revoltosos; afinal, pensava como eles. Nesse caso, apenas o jornal perturbava Humberto. Como reagiria a futura esposa se descobrisse a tipografia clandestina?

Ele nem sonhava com a verdade. Isabel caminhava uns bons passos adiante, não só sabendo quem era a pessoa por trás do jornal, mas conhecendo sua localização.

Humberto tranquilizou a mãe, garantindo que era o que ele queria. Não era, porém ele não fazia questão de passar pela penosa etapa de buscar uma noiva, algo de que não poderia fugir, e, mais cedo ou tarde, teria de fazer. Por mais que o casamento não fosse real, naquele momento servia aos interesses do rapaz — pelo menos, era o que repetia para si muitas vezes ao dia.

Enquanto a vida pessoal deles era afetada pela reviravolta, a política em Vila Rica pegava fogo. Os habitantes de Minas Gerais estavam sendo acusados de reduzir a nada os rendimentos da Fazenda Real, enquanto os impostos arrochavam mais e mais as economias dos mineiros. A crítica à arrecadação abusiva das taxas crescia na mesma proporção em que as riquezas se exauriam.

Homens e mulheres, muitas delas quitandeiras e vendeiras com consideráveis níveis de fortuna, eclesiásticos, licenciados, letrados e militares, ninguém escapava da cobrança inflexível sob o comando do Visconde de Barbacena. E Joaquim José da Silva Xavier, completamente dedicado à causa revolucionária, tentava manobras que poderiam, finalmente, resultar na independência de Minas.

Um momento histórico se desenrolava debaixo do nariz de todos, um marco que serviria de exemplo e base para uma futura mudança nas relações entre Brasil e Portugal. Clima quente, tensão no ar. E um casamento que uniria duas forças pensantes, dois idealistas, que nem sonhavam com o que estava por vir.

Capítulo 13

Apenas as crianças dormem em paz
O sono tranquilo dos inocentes
Sonham, cogito, com tempos menos sombrios
Com um futuro sem a fome do ouro
Sem a febre do poder
Somente o simples e efêmero ato de existir

Estrofe do poema "Com que sonhas?", por Flor de Minas

Minha amada irmã Isabel,

O que move a humanidade senão o instinto de autopreservação? Para que as pessoas se curvam diante de Deus, um ser que sequer pode ser visto? Qual é o sentido de perpetuarmos nossa espécie, trazer mais e mais seres humanos para este mundo cheio de injustiças? Tens a respostas para tais indagações? Arrisco-me a dizer que é a crença num amanhã promissor.

O novo alvorecer renova as esperanças. Claro, cada qual espera o que melhor lhe convém. Daí nasce o egoísmo, a ganância, mas também a sede por justiça, a coragem, os ideais. Não se espera que a humanidade aja em consonância. Nada faz sentido, porém há sempre um sentido implícito nas ações de cada ser.

Para muitos, é mais fácil agir. Já outros dependem de outros que dependem de outros, e assim seguem, à mercê dos ventos.

Perdoa-me por filosofar. Os últimos acontecimentos puseram-me reflexivo. Tua sorte foi definida pelas circunstâncias, o que ocorreria de uma forma ou de outra. Volto a questionar: qual o sentido do viver? Não creio em destino, em desígnios divinos, no entanto tenho fé nos propósitos que nós mesmo criamos.

Tu escolheste não esperar que alguém definisse teu caminho, ainda que fosse impossível fugir para sempre de tal sina. Deste um passo adiante para evitar que outras pessoas andassem por ti. Tu esperas que teu amanhã seja mais azul, mais colorido do que o de outras moças. Esperança...

Quisera eu ser tua garantia e resguardar-te de todo e qualquer sofrimento. Humberto é um homem bom, contudo, vida se vive. Preocupo-me contigo, mais do que com nossas outras irmãs. Elas são dente-de-leão ao sabor da brisa. Tu és a própria ventania.

Não cries vendavais, imploro-te, apesar de desconfiar da inutilidade desse conselho. Tu e eu não fomos abençoados com aquilo que chamam de paz de espírito; cultivamos a revolta. Aceitamos, pois, os riscos. Como sou homem, carrego um fardo mais leve. Por outro lado, o teu é pesado em arrobas. Cuida de ti, pequena Isabel.

Tu te recordas do começo desta carta? O que move a humanidade é o instinto de autopreservação. Nunca te esqueças disto: tua vida importa mais, muito mais, do que te meteres em risco por um bem maior.

Ó, céus, pareço um pai preocupado, não um irmão com o juízo similar ao teu.

Despeço-me cheio de saudade e esperançoso, pois confio que um futuro promissor há de vislumbrar para ti.

Com afeto,

Luiz

A cerimônia de ambos os casamentos estava marcada. Agora era cuidar da parte social, de estreitar os laços com as famílias dos noivos. Todos se conheciam desde sempre, mas fazer parte da mesma família tornava os nós mais apertados, ou melhor, a convivência passaria a ser mais constante; sem garantias de boas relações, contudo.

Isabel já tinha notado que a futura sogra não demonstrava muito entusiasmo com o arranjo matrimonial. Em casa, a vida não andava tão confortável a ponto de inflar a arrogância daquela senhora, característica que ela, ainda assim, fazia questão de cultivar.

As filhas, irmãs de Humberto, eram apáticas. À mesa, limitavam-se a respirar e comer, apenas falando quando lhe dirigiam a palavra. Isabel não tinha conseguido fazer nenhum juízo delas até então. Eram apenas cordeiros de dona Glória ou lhes faltava entusiasmo com a vida?

Considerando que Humberto também parecia alheio, talvez aquela fosse uma característica de família — exceto pela mãe.

Sem se conterem, as três moças Rodrigues trocavam olhares, uma comunicação silenciosa que somente elas compreendiam. Com a proximidade dos dois casamentos, aos poucos Isabel ia sendo consumida pela nostalgia, já prevendo a falta que as duas irmãs lhe fariam. Era ruim o bastante viver longe de Luiz. Provável que as despedidas fossem mais dolorosas dessa vez.

Assim que os pais dos quatro envolvidos definiram a data, as três moças, sem que nada fosse combinado previamente, passaram a ficar mais tempo juntas. Tudo era motivo para que não se desgrudassem. "Onde está Efigeninha? Vamos ao Chafariz do Ouvidor a fim de nos refrescar?" Então, iam as três, com Domingas de acompanhante, todas de braço entrelaçado, uma corrente fraterna da qual nenhuma delas estava pronta para se desprender.

Durante as refeições, riam mais abertamente, sem temer o temperamento da mãe. Eram risadas agridoces, prenúncio da saudade que deixariam. Até mesmo dona Hipólita andava saudosista, sempre trazendo à tona recordações dos tempos de criança dos quatro filhos. "Santa Apolônia intercedeu pelos dentes de Luiz, recordam-se? O pobre coitado quase ficou sem eles ao inventar de morder uma espiga de milho crua." Essa e outras memórias deram cor à vida da família Rodrigues, antes cinzenta feito as manhãs encobertas de cerração em Vila Rica.

Do lado de fora das paredes do solar da rua São José, os avanços da conjuração causavam expectativas e receios. Mas Eugênio Rodrigues se permitia usufruir dos recentes momentos de leveza dentro de casa para aproveitar a paz que tanto desejou.

Uma pena que tão agradável atmosfera fosse a consequência do adeus iminente. Carlota partiria com o futuro marido para o Rio de Janeiro. Isabel se mudaria do solar. "Ao menos estarão com a vida encaminhada, com as graças de Deus", argumentava dona Hipólita, buscando convencer mais a si mesma. Lá no íntimo, e na solidão de seus pensamentos, sofria de verdade.

Engraçado era que sofrimento inventado ela gostava de alardear, contando com a compaixão de todos. A dor que de fato a consumia, essa a inflexível matriarca Rodrigues preferia esconder. Aquilo que ninguém via parecia não existir. Portanto, o que cada um dos Rodrigues sabia sobre dona Hipólita era fruto de tudo o que se enxergava nela.

Procurando manter a conversa ao redor da mesa de jantar viva e interessante, Eugênio narrava acontecimentos que envolviam desde a vinda dos pais de Portugal, quando ele não passava de um menino de pouca idade, até o enriquecimento da família com a mineração e a agricultura.

— O ouro abandonei há muito tempo — disse. — A mineração cegou-nos a todos. Mantive, no entanto, minhas terras e o que crio nelas. Faço por gosto e sem pesar a consciência.

— O senhor refere-se à mão de obra escrava? — questionou o pai do noivo de Carlota, um militar de alta patente, que servira em Portugal, mas agora vivia tempos de repouso em uma fazenda próxima ao Rio de Janeiro. — Ora, meu caro, o que é feito segundo as leis, lícito é. Não há razão para remorsos e dores na consciência. Os africanos nascem com uma sina a cumprir. Acaso tu não conheces a história da maldição de Cam, filho de Noé?

Isabel se empertigou na cadeira, pronta para expor uma longa e clara interpretação de tal passagem do antigo testamento, ensinamento que padre Guimarães lhe havia dado durante uma das aulas de catecismo, quando ela, ainda menina, exigiu explicações sobre a parábola, absurda até para ouvidos infantis.

"Os homens trataram de depreender o que lhes convinha, vês? Aqui na Bíblia, nada está escrito sobre Cam ser amaldiçoado, muito menos sobre raça e cor de pele. Porém, há quem insista em crer que a narrativa sobre Noé e o filho explica a origem da pele preta e justifica a escravidão."

Eugênio se adiantou a Isabel, explicando ao convidado que histórias seculares sofriam mudanças de sentido à medida que os anos avançavam. Mas, como ele não queria que as amenidades à mesa se transformassem em uma guerra de pontos de vista, tratou de desviar do assunto, perguntando a todos o que estavam achando da comida.

A paz foi salva, enfim.

Então, dona Glória, que até aquele momento estudava discretamente as reações de Isabel, sentiu que não deveria perder a oportunidade de conhecer um pouco mais a futura nora.

— Estou certa de que as três moças desta casa foram muito bem educadas — começou com um elogio, que chegou aos ouvidos das irmãs como a abertura de uma crítica ainda por vir. — Garanto que estamos diante de damas prendadas.

— Claro — assegurou dona Hipólita. Só ela tinha direito de criticar as filhas, então preferia que mais ninguém ousasse. — Foram educadas com valores. Os moços que com elas se casarem terão um lar bem-cuidado, de modo que questões domésticas jamais lhes sejam uma preocupação.

— Os frutos não caem longe da árvore. Saíram-se à senhora, certamente. — Dona Glória tomou um gole de vinho antes de prosseguir: — As meninas são exímias bordadeiras?

Do outro lado da mesa, Humberto encarou a mãe, desejando que ela desistisse de implicar.

— Maria Efigênia tem mãos de anjo. Seus trabalhos são puro capricho. As outras duas também bordam, porém são mais jeitosas com outros afazeres.

Isabel e Carlota trocaram olhares, como que se perguntassem em que habilidades elas se destacavam. Precisaram esconder o sorriso debochado, uma abaixando a cabeça, enquanto a outra usava a mão.

— Ah, que encantador! — exclamou dona Glória. — As duas noivas também guardam encantos. Diz-me, Isabel, tu tocas piano?

— Não, senhora — respondeu, sem perder a confiança em si mesma. Era um fato.

— A menina domina a língua de Portugal. — Dona Hipólita saiu em defesa da caçula, incomodada com o esforço da outra em buscar formas de diminuir Isabel.

Toda a família Rodrigues se surpreendeu com a colocação da matriarca. Para ela, um dos maiores defeitos da filha era justamente ser letrada demais.

— Excelente talento! — elogiou o militar, pai do noivo de Carlota. — Nesta terra cheia de falares, quem domina a língua do Reino decerto tem valor.

Sendo português, a vaidade do homem foi diretamente afetada, mas ninguém reclamou do apoio dado por ele, ainda que por egocentrismo.

A própria Isabel era só sorriso. Pela primeira vez, a mãe falou dela com certo orgulho.

— Sim, trata-se de uma habilidade rara e valiosa — concordou dona Glória, aquela que estava se saindo muito bem no papel de megera. — Porém inútil a uma mulher.

— Mamãe!

Humberto, desde o início do jantar, parecia incomodado. Poucos dias antes, nem sonhava que teria uma noiva em breve. Vivia pela causa da independência da Colônia, além de se considerar jovem demais. Casamento? Quem sabe quando Minas Gerais deixasse de sofrer influência de Portugal? Ou seja, não havia espaço nem planos futuros para um iminente matrimônio. A situação era toda esquisita, desde enxergar Isabel com outros olhos, até ouvir as indiretas venenosas da mãe. Preferiria estar fazendo cópias da nova edição do folhetim àquela agonia.

— Nenhum conhecimento é inútil, minha senhora — interveio Eugênio, soprando pelos do bigode enquanto falava. — Há moças que usam linhas para bordar e tecer. Nem todas têm talento, entretanto, mas o fazem, pois convém que sim. Isabel borda com as palavras. Em vez de entrelaçar fios, ela usa as letras. A toalha de linho sobre a qual comemos é obra de arte de Maria Efigênia. Todos podemos ver e tocar o trabalho perfeito. Contudo, palavras impressas nas páginas de um livro ou que apenas povoam a mente de quem as lê, para muitos, são somente palavras. A beleza delas está no conjunto. Diferentemente da toalha bordada, cujo encanto vemos com os olhos, quem aprecia as letras enxerga com o coração e com a mente aguçada.

Bem, dona Glória não foi capaz de organizar uma réplica à altura da defesa apaixonada de Eugênio Rodrigues. Já Isabel, ah, Isabel! Esta se esforçou para conter a emoção dentro dos olhos e não a deixar escorrer liquidamente pela face.

— E Isabel é boa com flores! — Dona Hipólita entendeu que valia a pena ressaltar esse ponto sobre a filha. As três riram alto e com alegria.

Trocaram a alma da nossa mãe?

E ela estava certa. A moça era boa com flores, com as flores de Minas.

Capítulo 14

Os sinos dobram por mim
Conheço aquela imagem...
É hora, é tempo; fim!
Obrigaram-me a embarcar nesta viagem

A torre da igreja contrasta com o céu carmesim
Desgraça pouca é bobagem!
É justo que eu diga sim?
Estou no deserto, não é uma miragem?

Também posso sofrer com rimas pobres

"Flor de Minas", por Flor de Minas

Nas Minas Gerais do século XVIII, muitos casais viviam juntos sob regimes considerados crimes contra o sacramento cristão do casamento. Para coibir tais condutas desviantes dos preceitos da igreja católica, foram instaladas as devassas eclesiásticas, uma rede inquisitorial que funcionava por meio de visitas pastorais, uma forma de disciplinar a comunidade de fiéis, coibindo os desvios. Muitas vezes, a repressão contra as uniões ilícitas era violenta. Tudo isso porque, no Brasil colonial, até aquele século, o concubinato era bastante comum.

Um dos maiores horrores da sociedade eram: as mulheres que tinham mais de um concubino; e as meretrizes, especialmente quando despertavam amores entre os homens de famílias importantes. Tais práticas não apenas escandalizavam os mais tradicionais, como apavoravam mães de moças casamenteiras. Para a desmoralização de muitas, suas filhas não raramente acabavam entrando em uma relação "não cristã" com homens de toda natureza, uma humilhação incalculável para essas senhoras.

Portanto, foi fundamental impor na Colônia o casamento cristão como único espaço legítimo do desejo. Todas as demais relações deveriam ser condenadas, em nome da "decência e dos bons costumes".

Dona Hipólita casara-se sob os dogmas da Igreja, bem como os pais dela e seus avós. Temente a Deus e crédula, arranjar um matrimônio digno para cada uma das filhas significava garantir que jamais fossem tentadas pelo pecado, aquela serpente que sempre vigiava desatentos.

Em suas idas aos armazéns para abastecimento do solar, desviava-se propositalmente das pousadas e das infames casas de alcouce, pontos de encontro dos libertinos e das "malprocedidas" nas altas horas da noite. Como poderia arriscar que suas meninas acabassem fisgadas por essa vida desgovernada? E não era exagero de dona Hipólita. Nos tempos que antecederam às devassas eclesiásticas, muitas moças da elite colonial acabaram corrompidas pelo "mundo do pecado".

Só quem vivia e criava filho naquele território experimental de Portugal sabia o que era batalhar para sobreviver. Esse era o pensamento de dona Hipólita Alvarenga Rodrigues, a matriarca impositiva e de pouca conversa, inebriada com o sentimento de realização ao acompanhar a entrada das duas filhas — a primogênita e a caçula — pelo portal da igreja matriz de Nossa Senhora da Conceição de Antônio Dias.

As duas irmãs usavam vestidos discretos, de um branco puro e angelical, como ditava a etiqueta. Um véu diáfano cobria o rosto de ambas, cujas expressões faciais, encobertas, correspondiam ao estado de espírito de cada uma. Carlota esboçava um sorriso radiante, capaz de se comparar ao brilho do altar da exuberante igreja. Isabel, por outro lado, parecia arrastar uma tromba duas vezes maior e mais pesada do que ela mesma. Aquilo era um pesadelo, não a personificação dos sonhos, como definiam tantas moças.

De pé, destacando-se entre o noivo de Carlota e padre Guimarães, Humberto não tinha um véu para esconder a própria descrença. Um desatento notaria a falta de entusiasmo da dupla a uma distância significativa. Mas, em tempos de casamentos arranjados, a apatia não era uma grande coisa.

A cerimônia durou o suficiente para compensar a quantia em ouro paga por Eugênio Rodrigues, ou seja, prolongou-se bastante. Pelo menos, padre Guimarães era um sacerdote habilidoso com as palavras, além de engraçado. Os convidados se divertiram duas ou três vezes durante sua pregação. Em certos momentos, destinou mensagens subentendidas a Isabel, que não enfrentou nenhum obstáculo para compreendê-las, como quando citou uma passagem do evangelho:

— Mateus, no capítulo onze, versículo vinte e nove, diz: "Tomai sobre vós o meu jugo e aprendei de mim, pois sou manso e humilde de coração, e vós encontrareis descanso para as vossas almas".

Isabel entendeu o recado, pois o padre repetia sempre essa passagem quando queria aconselhá-la a ser mais branda.

Como em todo casamento católico, depois da homilia, os noivos receberam a comunhão e, ajoelhados diante de Cristo no altar, trocaram alianças e prometeram fidelidade...

— Até que a morte vos separe.

Crítica, Isabel sabia que não era bem daquele jeito. *Com a boca, toda promessa soa sincera.* Mas ela ouvia conversas suficientes para não confiar na maioria dos "sim".

Com recato e alegria, Carlota recebeu o beijo depositado em sua testa pelo, então, marido. Atrapalhados, Isabel e Humberto limitaram-se a sorrir um para o outro. Para evitar alarde, padre Guimarães repetiu, olhando para os dois:

— Podes beijar tua noiva, meu filho.

A frase soou como uma ordem. *Beija, homem, e vamos todos sair daqui!* Então, Humberto pegou a mão esquerda de Isabel e beijou seus dedos delicados. Mesmo que ela não quisesse, não teve como não sentir um friozinho irradiar pela barriga e um calorzinho esquentar seu rosto, sensação mais estranha.

Teve chuva de arroz na porta da matriz e coches enfeitados levando os noivos de volta ao solar da rua São José. Pela segunda vez em pouco tempo, as portas do majestoso casarão dos Rodrigues abriram-se a seletos convidados para celebrar a alegria da família com o casamento duplo. Felicidade deles, inveja de um bocado de gente em Vila Rica.

A festa forneceria assunto para muitos dias, pois foi uma profusão de exagero: comida farta, bebida em excesso, vestuário pomposo, música contagiante e conversas à boca miúda. Muitas. A noite inteira.

Para os anfitriões e a maioria dos convidados, tudo estava perfeito. Já Isabel, essa não parecia estar aproveitando muito. Assim que teve chance, escapuliu para o quarto que havia sido dela desde pequena. Diante do vazio, com exceção da mobília, sentiu o peito apertar. A partir daquela noite, viveria sob um teto impessoal, dividindo espaço com quem não tinha nenhum laço.

Como seriam as refeições à mesa dali para a frente? A exigência da mãe com as regras, a conversa pausada do pai, a troca divertida de olhares com as irmãs, estava tudo perdido para sempre.

O vazio do quarto era nada comparado ao buraco em seu coração.

— O que fazes aqui? — A voz de Maria Efigênia assustou Isabel.

As duas irmãs foram ao encontro da caçula, pois pressentiram que a encontrariam melancólica.

— Estou a dar adeus à minha história.

— Isto é só um cômodo, menina! Tua história acompanhar-te-á por todo o sempre — apaziguou Carlota. — Ao contrário de ti, estou eufórica. Não é melhor encarar o novo com entusiasmo? Senão viveremos envolvidas num sofrimento sem fim e sem solução.

— Nossa iminente separação não te entristece? Daqui a poucas horas, cada uma de nós será única, não mais as três Rodrigues — choramingou Isabel. — Este vazio apavora-me mais do que dividir espaço com um sujeito que não conheço e por quem não cultivo sentimento algum.

— Tudo que é novo causa pavor, Belinha. Sim, doerá não estar contigo e com Efigeninha todos os dias, mas sempre teremos umas às outras. Faremos visitas constantes. Eu prometo.

A alegria de Carlota ajudou a dispersar a névoa em volta de Isabel, momentaneamente.

A festa não durou muito depois que passou da meia-noite. Aos poucos, os convidados partiram, e as despedidas roubaram a euforia da celebração.

Carlota e o marido deixariam Minas Gerais de manhã, mas Isabel não teve esse tempo extra com os pais e as irmãs. Naquela mesma noite, deixou o solar da rua São José — seu corpo partiu, porém a cabeça, voltada para trás até perder de vista a família perfilada no alpendre, recusou-se a ir embora, bem como seu coração.

Das três condições impostas por Eugênio Rodrigues, Humberto não foi capaz de honrar uma delas: permanecer morando no casarão da família e transferir mãe e irmãs para o sobrado oferecido pelo sogro. Isso porque dona Glória se recusou categoricamente. "Vivi mais da metade de minha vida aqui, criei meus filhos, e agora tu queres que nos mudemos? De maneira alguma!"

A mulher sugeriu que Humberto e Isabel morassem lá, todos juntos, mas a moça sequer refletiu sobre a possibilidade. Foi taxativa ao se recusar, o que levou à mudança de planos. Enfim, o sobrado na rua do Ouvidor, cedido por Eugênio, seria o endereço do novo casal.

Do *falso* casal...

Mas era preciso fingir, para que não houvesse risco de o casamento ser anulado pela Igreja. Mesmo assim, dormiriam em quartos separados, o que não era tão surpreendente, já que muitos casais preferiam dessa forma. No caso deles, não havia nem uma pequena chance de ser diferente. Tudo se resumir a um acordo favorável a ambas as partes já era um motivo bem forte para justificarem a distância. Além disso, Isabel tinha que manter sua privacidade, a fim de continuar dando voz à Flor de Minas e escondendo suas vestes de garoto maltrapilho.

Tudo estava perfeitamente preparado para a chegada do casal. Dias antes, a casa tinha sido aberta e arejada por uma equipe de empregados que, a partir de então, serviria a Isabel e Humberto. Todos foram trazidos da fazenda de Eugênio, aquela para a qual os Rodrigues costumavam migrar quando desejavam a paz do campo. Não eram tantos, mas um número suficiente de trabalhadores que garantiria o conforto da filha, conforme ordenara Eugênio.

Os baús com os pertences de Isabel já tinham sido esvaziados. Ela encontrou tudo organizado, com o capricho de pessoas não apenas treinadas, mas atenciosas. Os vestidos foram levados ao quarto de vestir, uma antessala espaçosa que, para o choque de Isabel, era a passagem entre seu dormitório e o de Humberto.

Não poderia ter sido mais embaraçosa a forma como a moça tomou conhecimento desse pormenor arquitetônico. Ao entrar no cômodo para inspecionar o local, Humberto estava lá, vestindo apenas a parte de baixo da roupa usada no casamento.

— Mas o que é isso?! — exclamou, assustada, com os olhos grudados no torso desnudo do marido.

De tudo o que ela já havia descoberto em suas bisbilhotices, um homem seminu não estava na lista. Lembrou-se das pinturas gregas e renascentistas e automaticamente fez uma comparação. Corou e se odiou por isso.

— Isso, minha cara, é um ser humano exausto, a se trocar para finalmente dar por encerrado este dia.

Humberto ignorou a visível vergonha de Isabel para preservá-la de um embaraço maior. Por dentro, porém, também estava acanhado.

— Devias ter trancado a porta.

— Devias ter batido antes.

— E como eu saberia que este espaço une nossos quartos? — perguntou ela, elevando o tom de voz, como se se dirigisse a uma criança desinteressada.

— Pois deveria, afinal esta casa não pertence a teu pai?

Isabel cruzou os braços sobre o peito, já que não conseguiria rebater o questionamento com palavras. Não quis admitir, mas estava achando Humberto muito charmoso.

— Será necessário que estabeleçamos regras — falou, por fim.

— Quantas mais? Devo anotá-las? — O rapaz ergueu uma das sobrancelhas. Estava se divertindo ao provocar a irritadiça Isabel.

— Deves ao menos cobrir-te primeiro.

— Incomodo-te? — Quis saber Humberto, sorrindo de lado, mas fazendo o que ela pediu.

— Eu jamais suporia que és um piadista.

Isabel desconversou antes que a discussão terminasse em uma armadilha. *Também, por que ele tem de ser tão bem-apessoado?*

— Tu te surpreenderias se soubesses mais a meu respeito.

Dessa vez, quem riu com presunção foi ela. Qual seria o sabor de esfregar na cara dele todos os segredos que ele julgava estarem muito bem guardados?

— E eu deixar-te-ia sem palavras.

Feliz por ter sido a última a falar, Isabel deu as costas a Humberto, doida para ganhar distância daquele *diabo charmoso.*

Capítulo 15

"Quando mingua a lua
Não comeces coisa alguma"
Começar o quê?
Tudo já está no fim!

O ouro encolhe
A saúde acaba
A mente grita
Minas é uma eterna lua minguante

"Apenas uma fase lunar", por Flor de Minas

Das biqueiras dos telhados, jorravam os aguaceiros dos primeiros dias de verão, inundando as portas das casas. A chuva começava a cair forte no fim das tardes de dezembro, e não parava. Quando muito, dava uma trégua para recomeçar pouco depois. Tudo sempre igual em Vila Rica.

Isabel olhou para o céu. A lua era apenas um fiapo no meio das nuvens cinzentas.

"Quando mingua a lua, não comeces coisa alguma." Lembrou-se desse velho ditado português e refletiu.

Desceu do segundo andar do sobrado, para acender os candeeiros da ampla sala de estar. Uma luz amarela bruxuleante iluminou os quadros que enfeitavam as paredes. Gostava de olhar para os rostos e as paisagens daquelas telas. *Pessoas e cenários de um mundo invisível*, sonhou.

O cabelo de Isabel estava solto e descia em ondas castanho-escuras que cobriam totalmente suas costas. Pensou em trançá-lo antes de sair do quarto, mas a falta de energia venceu. O tempo dedicado à escrita de seu mais recente poema sugara suas forças. Isso e a tensão que pairava sobre Vila Rica com a chegada de dezembro. Parecia que o grito de liberdade estava agarrado na goela de Minas Gerais, mas não tardaria a ser liberto. Era o que Isabel sentia.

De dentro de casa, ela não conseguia extrair qualquer informação. Humberto era um sujeito discreto, não deixava nenhum sinal à vista. Além disso, a relação dos dois não passava de cumprimentos e trocas de algumas palavras à mesa, isso quando se dispunham a comer juntos.

Um relâmpago mais prolongado clareou a sala, e um trovão fez estremecer as paredes. Parecia que o céu mandava pistas dos tempos turbulentos que estavam por vir.

Humberto não tardou a chegar. Isabel lia um livro, cujo título ele não foi capaz de discernir. Suas pernas estavam dobradas sob o corpo, largada em uma poltrona forrada de veludo. Na penumbra, ela, de cabelo solto e enrolada em um xale de seda, parecia uma pintura. Desde o dia do casamento, Humberto vinha estudando a jovem esposa. Antes disso, jamais tinha dedicado a ela um minuto de seus pensamentos. Era apenas uma mocinha rica, como tantas outras. Xereta, uma característica que talvez a destacasse das demais. E só.

Então, por que ele andava tão curioso?

Aos poucos, Humberto percebia que seus julgamentos preliminares sobre Isabel não condiziam com a verdadeira personalidade dela. Não sabia exatamente o que a tornava tão peculiar. E não era por ser letrada, por ter paixão pelos livros, por gostar de escrever cartas, por ter apreço pelas artes. Tudo isso era impressionante por si só. Era o algo não aparente, o submerso, que vinha tirando Humberto do sério.

O que Isabel escondia?

— Não vês que tu estás a molhar o tapete? — indagou ela. Achou estranho ele estar parado há algum tempo sem dizer nada.

Só aí Humberto voltou a si.

— Chove pesado lá fora — justificou.

— Pelo visto, aqui dentro também.

Os dois acabaram achando graça do trocadilho de Isabel, o que vinha acontecendo com certa frequência nos últimos dias. Não que agora se dessem bem ou aproveitassem a companhia um do outro. Eram apenas momentos fugazes. Mas estavam ali, alterando sutilmente a atmosfera entre eles.

Humberto espantou o instante com um ágil movimento de cabeça.

— Preciso me trocar. Tenho um compromisso esta noite.

Não só naquela noite, mas em quase todas. Os encontros dos conjurados estavam mais constantes, e a redação do folhetim não podia parar. Portanto, raramente Humberto ficava em casa após o anoitecer.

Isabel dizia a si mesma que a ausência dele era um alívio, e repassava esse pensamento até se convencer.

— Aplaca, por favor, minha curiosidade — pediu ela, calmamente. — Que espécie de compromisso acontece sempre nas horas mais tardias?

Ela estava provocando Humberto, doida para saber como ele sairia dessa repentina prensada na parede.

— Meu bem, tua preocupação é com minha segurança, afinal há muitos vadios pelas ruas, ou com o que imaginas que estou a fazer?

O rapaz inverteu a jogada sem que Isabel tivesse tempo de comemorar o ponto. Os dois eram competidores incansáveis.

Mais do que as perguntas ultrajantes, ser chamada de *meu bem* ouriçou o temperamento dela, que se levantou da poltrona com ímpeto. O xale caiu para trás; o livro, para a frente. Dele, soltou-se um pedaço de papel, que voou até os pés de Humberto.

— Tu és muito confiante — desconversou ela, enquanto ele se abaixava para catar a folha.

Leu o que estava escrito em voz alta:

Todos os olhares se voltam para ela
O anjo barroco desliza entre os reles mortais
Não há beleza mais exuberante que a dela
Sequer o ouro que recobre altares e portais

O véu sobre o rosto esconde a verdade
Falta-lhe amor, resta a revolta
Por cumprir um papel contra sua vontade
A abraçar um destino sem volta

A bela moça de branco
Não é feliz nem mesmo contente
Obrigaram-na a conter o pranto
E aceitar viver presa sem correntes

Um rabisco forte encobria a última linha. Tanto a penumbra quanto a força empregada para fazer o risco foram cruciais para que Humberto não lesse o mais importante.

"Por Flor de Minas."

Mesmo assim, Isabel estava pálida feito a morte, mantida viva e de pé apenas pelo ribombar do coração. A julgar pela reação dela, aquelas palavras jamais deveriam ter sido descobertas.

— Devolve-me isso! — exigiu, mantendo os dentes de baixo pressionando os de cima como se a cabeça de Humberto estivesse entre eles.

Intrigado, ele releu o poema, antes de entregar o papel nas mãos dela. Isabel o puxou com força. Cada uma de suas reações nervosas sustentavam a conclusão de Humberto.

— Tu escreveste esse poema — disse ele. Não foi uma indagação.

— Algum problema com isso, *meu bem*?

A ironia deixou Humberto bem-humorado. Ele só não riu alto para não piorar o clima.

— Obviamente, não. Escrever, todos podem. — Fez uma pausa para que o impacto da declaração seguinte alcançasse seu objetivo. — Mas escrever com talento é privilégio de poucos.

Isabel pisou duro e saiu da sala, não sem antes atirar o livro em Humberto — causa de um dolorido arrependimento, pois o inocente livro acabou avariado.

"Hoje é o dia do batizado."

Essa era a senha combinada entre os sediciosos para a deflagração da revolta contra a Coroa portuguesa, a ser divulgada no dia e hora certa por Francisco de Paula Freire de Andrada, um tenente-coronel dos Dragões do regimento de Minas Gerais, e Joaquim José da Silva Xavier. Esperavam apenas a decretação da derrama pelo governador.

Tudo estava sendo acertado durante a reunião daquela noite, na casa do militar, um imponente casarão localizado na rua Direita. Nem a cortina de água que escorria dos telhados, muito menos a lua minguante, que tinha tentado romper as nuvens encharcadas prestes a desaguar, frearam a sanha dos conjurados, que chegaram separadamente, de modo a não despertar suspeitas.

Muitos deles andavam sendo observados à distância pelas autoridades, pois o movimento tinha ganhado certa visibilidade depois do batizado de um dos filhos de Alvarenga Peixoto, no mês de outubro. Na ocasião, o álcool destravara línguas que, além de imprecarem contra o Visconde de Barbacena, deixaram alguns aspectos da trama vazarem.

Os primeiros rebeldes a aparecerem foram Tiradentes e o pároco da vila de São José, conhecido como padre Toledo. Depois, vieram os outros, um a um. Tomás António Gonzaga e Eugênio Rodrigues foram os últimos a se somarem ao grupo. Humberto anotou o nome de cada um deles, à medida que chegavam.

— Onde está Alvarenga? — alguém questionou.

Ele estava atrasado, para a irritação dos companheiros.

— Não podemos começar sem ele!

— Ouvi que está numa roda animada, na casa do contratador João Rodrigues de Macedo.

— Santo Deus!

Padre Toledo escreveu-lhe um bilhete, enviado por um emissário debaixo de chuva.

Estamos juntos, e venha vossa mercê já.
Amigo Toledo

Humberto só escrevia, de olho nos conjurados presentes, que compunham a cúpula do movimento. Não escapuliu à sua observação que quase todos ali eram brasileiros, a não ser Tomás António Gonzaga, um português com mais tempo de Brasil do que de Reino, além do sogro, que chegara à Colônia ainda criança.

Anotou em um canto da folha:

De coração, portanto, são todos brasileiros, todos mineiros, das comarcas de Vila Rica, Rio das Mortes e Serro do Frio, as mais empenhadas na separação da capitania. São poetas, fazendeiros, militares, homens de negócios, magistrados, sacerdotes. Entre esses homens importantes, Joaquim, o Tiradentes, é o menos graduado, o menos abastado e o menos poderoso. Contudo, é quem dita o ritmo dos demais. Sem dúvidas, é o mais determinado integrante do grupo.

Para Humberto, era nítido que muitos dos seus pares o veneravam. Mas nem todo o entusiasmo de Tiradentes, naquela noite de tempestade, tinha conseguido reter a atenção do rapaz, disperso desde que lera o poema de Isabel.

A ação em si tinha acontecido muito rápido. Leu o texto, discutiu com Isabel, leu de novo. Muito difícil fazer uma análise minuciosa, mas Humberto não conseguia ignorar as coincidências — a menos que ele estivesse enxergando chifres em cabeça de cavalo.

Coincidência número um: a caligrafia de Isabel se parecia muito com a do poema enrolado na pedra atirada contra ele. Coincidência número dois: em seus poemas satíricos, Flor de Minas sempre saltava um espaço para, então, escrever o título e a autoria do texto. A linha rabiscada no poema de Isabel seguia a mesma regra.

Estaria ele enlouquecendo, ou aquelas coincidências faziam algum sentido?

— Há muita gente pronta no Rio de Janeiro — assegurou Tiradentes, desviando o rumo dos pensamentos de Humberto. — Logo, podemos dar início ao levante. Basta marcarmos a data!

O tenente-coronel Freire de Andrada interrompeu Joaquim, passando a dar instruções ao subordinado:

— Já que tens um grande partido na capital, que o motim comece por lá. Tu vais ao Rio de Janeiro buscar os seguidores que afirmas ter. Com a participação dos rebeldes de lá, aí, sim, deflagraremos o levante aqui.

Choveram opiniões sobre a proposta, contrárias e em defesa dela, todas devidamente anotadas por Humberto. Mas o rapaz não se desligava da sensação incômoda deixada pelo poema de Isabel.

Prometeu que passaria no galpão onde reproduzia seu jornal antes de voltar para casa, depois da reunião. Esclareceria a coincidência número um comparando a caligrafia dos dois textos. Consequentemente, desvendaria a coincidência número dois. *Mato dois gansos com uma só pedrada.*

Capítulo 16

Ela é culta
Ela é devota
Justiça é sua prioridade

Ela é justa
Não causa revolta
Viva Maria, Vossa Majestade!

"Ironias ao anoitecer", por Flor de Minas

Tempestades não amedrontavam Isabel. A cada estrondo de trovão, o sobrado estremecia. Os relâmpagos davam a entender que queriam estilhaçar as vidraças. E os ventos? Ah, os ventos se enfiavam pelas frestas, que assoviavam uma canção fúnebre. *Sinfonia das almas*, definiu Isabel.

Nada disso dava medo nela. Quando era pequena, costumava desobedecer dona Hipólita, saindo da casa para o jardim, onde permitia que a chuva a encharcasse. A mãe gritava, exigindo que ela voltasse para dentro, "antes que fiques doente", "antes que um raio lhe atinja", "antes que lhe cause uma crise de nervos". A Isabel criança ouvia as ameaças, mas preferia fingir que não. A sensação das vestes colando no corpo e da água entrando pela boca aberta virada para o céu compensava o castigo que receberia mais tarde.

Sentiu o peito apertar de saudade de dona Hipólita. Embora ela fosse uma mãe de personalidade difícil, a filha gostaria de estar perto dela, mesmo que fosse para ser acusada de rebelde, letrada, impossível.

Querendo se libertar do saudosismo, Isabel foi procurar conversa com os empregados. Estavam todos na cozinha, reunidos em torno do fogão a lenha, tanto aquecendo-se quanto cozinhando feijão. O cheiro estava bom.

Eles já tinham se acostumado com o jeito dela. Chegava e ficava, ouvia as histórias, comia a comida simples, dividindo espaço com eles à mesa. Não exigia cerimônias, mas os tratava com muita deferência.

— Sinhá tá com medo da chuva? — Quis saber Osório, responsável pela manutenção do sobrado, o faz-tudo, filho de uma africana alforriada e de um pai branco desconhecido.

— Não sou sinhá, Osório. Sou apenas Isabel para vós, conforme disse no primeiro dia aqui.

— Sinhazinha, então — rebateu ele, um homem acostumado com a natureza das coisas, segundo as convenções da época. Era difícil desapegar-se de anos de um só jeito de ver a vida.

Isabel estalou a língua. Se passassem anos sob o mesmo teto, ainda assim não conseguiria convencer Osório a abandonar aquela forma de tratamento.

— Chuva não me apavora. Aqui estou pelas boas companhias.

— Vê se pode isso! — Bernarda bateu as duas mãos na mesa, simulando um protesto, mas estava sorrindo. — Sinhazinha gostar da companhia de um bando de preto, gente simples! A senhora mãe de vosmecê há de ralhar com a menina.

Isabel se aboletou no banco, ao lado de Bernarda, e pegou um torresmo da farta travessa que servia a todos. De boca cheia, com a crocância da pele de porco sequinha ecoando pela cozinha, respondeu:

— Eu sou a senhora de mim mesma. Mamãe perdeu o poder depois que eu disse sim diante de padre Guimarães.

— E de Deus — acrescentou a cozinheira, que vivia com Osório desde que ambos eram bem jovens ainda. O casal cresceu entre as crenças dos parentes africanos e dos antigos senhores de suas mães, os portugueses. — Sinhô Humberto saiu de novo? Com essa chuvarada lá fora?

Os empregados da casa já tinham percebido que o casamento dos patrões era diferente, mas procuravam manter discrição, até porque gostavam muito de Isabel e se sentiam respeitados por Humberto. Era o que comentavam entre si. Porém, vez ou outra, soltavam o assunto sem querer.

— Sim — respondeu Isabel, perdendo um pouco do brilho.

Bernarda entendeu aquela reação de modo equivocado. Sendo assim, não guardou para ela sua opinião:

— Tá errado isso! Homem casado de pouco tem que dedicar tempo à esposa. Sinhô Humberto age mal, feio. Daqui a pouco, o povo vai maldizer, falar que ele tá igual essa homaiada que sai a varejar as tabernas catinguentas e as casas de alcouce atrás das michelas.

— Narda! — Osório chamou a atenção da mulher, mas não adiantou nada.

Uma vez que ela abria a boca para dizer o que pensava, não parava até terminar de expor seu ponto de vista.

— Num tô a faltar com respeito ao patrão. Num é da minha conta o que ele faz de noite por aí. Mas não é bonito largar a esposa sozinha, toda noite, ainda mais debaixo dessa tempestade.

— Obrigada pela preocupação, Bernarda. Mas não me importo de ficar sozinha. Prefiro! Ademais, nosso casamento foi arranjado. Ele não tem sentimentos por mim e eu não sinto nada por ele.

Bernarda estalou a língua. Não se rendeu.

— Com amor ou sem amor, sinhazinha, respeito tem que estar acima de tudo. Vale ouro, ainda mais pra nóis, que ninguém liga mesmo.

Enquanto mastigava outro pedaço de torresmo, Isabel assentiu.

— Os branco, rico, olha pra nóis e pensa: "É bicho, pode escorraçar, prender, bater" — continuou ela, mudando a direção dos argumentos. — Num deixa esse homem te tratar assim, não. É muito humilhante.

Isabel passou o braço sobre os ombros da cozinheira e os apertou com carinho.

— Ai de quem for ruim convosco! Haverá de se ver comigo — prometeu ela. Como Flor de Minas, podia fazer o que quisesse. — E não se preocupe com Humberto. Estou certa de que há um motivo justo para suas saídas diárias.

Ela, mais do que qualquer outro ali, conhecia muito bem tais motivos, porém precisava manter essa informação escondida.

Uma trovoada mais forte estremeceu as paredes do sobrado.

— É a água calma e silenciosa que afoga o homem — falou Bernarda, repetindo um provérbio africano.

Ninguém fez nenhum comentário sobre a declaração dela. Ficaram todos ouvindo os sons da noite — o barulho da chuva e dos dentes triturando o torresmo — e refletindo sobre tudo o que havia sido dito em volta da mesa da cozinha.

Os conjurados tiveram uma reunião decisiva naquela noite de tempestade. Funções foram definidas; ações, planejadas. Houve acusações, trocas de farpas. Gente se esquivando, gente mergulhando de cabeça. Aconteceu de tudo no casarão da rua Direita. Mas foi o depois que atordoou Humberto.

Seguir adiante com a revolta era um passo muito perigoso. Colocar em prática tudo o que vinham idealizando multiplicaria os riscos, mas nenhum dos membros da sedição imaginava o contrário.

Eles sabiam onde estavam se enfiando.

Mas será que Flor de Minas tinha essa noção?

Ao comparar a caligrafia dos dois poemas, Humberto não conseguiu ter certeza de que se tratava da mesma pessoa. Primeiro porque o texto de Isabel tinha sido devolvido a ela. Portanto, ele apenas guardara na memória alguns traços da escrita, mas nada concludente. E, embora as letras fossem parecidas, a do poema em torno da pedra parecia mais rústica. Ainda assim, Humberto continuou cismado.

Quando chegou em casa, era quase madrugada. A chuvarada tinha minguado, restando um sereno manso e frio. Com a cabeça cheia, sabia que não conseguiria dormir. Serviu-se de uma taça de vinho e degustou a bebida vagarosamente, incerto sobre o que fazer.

A neblina noturna encobria parcialmente as torres da igreja de São Francisco de Assis, da qual, pela vidraça da sala, Humberto conseguia enxergar apenas as pontas. O que via não condizia com o que incomodava seus pensamentos. Estava se encorajando para entrar sorrateiramente no quarto de Isabel e tentar furtar o poema de dentro do livro que ela lia mais cedo. Porém, o pouco tempo de convivência revelava que a moça não envergava facilmente, igual tronco de pau-brasil. Humberto tinha medo de enfurecê-la.

Mudou de ideia depois de algumas doses de vinho. Sob a letargia provocada pela bebida, o receio evaporara. Era hora de se arriscar.

Ele subiu até seus aposentos e, de lá, entrou no quarto de vestir. Uma claridade débil se insinuava pela fresta da porta de Isabel. *Deve temer a escuridão, então dorme com o candeeiro aceso.* Não conteve um sorriso. Alguma coisa de frágil Isabel deveria ter. *Medo de escuro!* Essa era a sua conclusão.

O sorriso desapareceu antes que ele tomasse qualquer atitude. Nem chegou a pressionar a maçaneta. Apostava que a porta estava trancada. Levemente embriagado, titubeava entre uma decisão e outra. *Forço a porta? Não forço a porta? Tento abri-la do lado de cá? Espio pelo buraco da fechadura?*

Em princípio, a última opção venceu.

Pronto para espreitar, Humberto se desequilibrou e chocou a cabeça na maçaneta. Então, aconteceu o inesperado: a porta abriu!

Para evitar a queda, ele apoiou as mãos no batente. Por pouco não foi ao chão, causando estardalhaço.

Isabel suspirou e se remexeu debaixo das cobertas. Humberto esperou até ter certeza de que ela continuava adormecida. Durante a espera, foi tomado pelo aroma do ambiente. Os aposentos de Isabel tinham cheiro de flor, um odor adocicado e leve, como um jardim. Cismado, pensou na coincidência.

Se ela estivesse por trás do pseudônimo Flor de Minas, isso seria um choque generalizado. Os conjurados se questionariam como ela obtivera tanta informação, talvez concluindo que havia sido por meio do pai, Eugênio Rodrigues. O Reino, por sua vez, não seria clemente. Acabaria como Joana d'Arc, exposta e assassinada com crueldade, para servir de lição a qualquer outro que resolvesse difamar a Coroa e maldizer o governo e a elite colonial.

Encostada na parede oposta à cama de Isabel, ficava uma mesa, geralmente usada como penteadeira ou toucador, não fossem os itens sobre ela, que pareciam dar outra funcionalidade ao móvel. Humberto chegou perto e viu o bloco de folhas, a caneta-tinteiro e o mata-borrão. Os objetos estavam organizados, e nada, além da existência deles, dava pistas sobre qualquer coisa.

A tempestade, o poema, a reunião, o vinho, o aroma de flores... Os pensamentos de Humberto estavam caóticos. Só podia estar ficando doido, porque coisa alguma fazia sentido. Frustrado, resolveu que era melhor esquecer suas desconfianças e ir curar a zonzeira no próprio quarto, com uma noite bem-dormida.

Entretanto, ao dar meia-volta, bateu o pé em algo sob a mesinha. Ao se abaixar, viu que era um cesto com algumas folhas de papel amassadas.

— O que fazes aqui?!

Humberto deu um salto, consequência do susto provocado pela pergunta estridente de Isabel. Acabou chocando com o quadril na quina da penteadeira, o que lhe causou uma dor aguda.

— Deus do céu, tu me assustaste! — reclamou.

Isabel saltou da cama, as mãos apoiadas na cintura, nem se lembrando de que a camisola era fina e um tanto reveladora. O rosto era pura ira.

— O que fazes tu nos meus aposentos?! — repetiu, agora mais brava e em um tom de voz mais elevado.

— A porta estava aberta...

— E isso te dá algum direito?

Os dois se avaliaram; ela, como uma fera prestes a atacar a jugular da presa; ele, melindroso, temendo a ofensiva.

— Li teu poema mais cedo...

— Acaso podes garantir que eu o escrevi? Pura dedução!

Humberto deu um passo à frente, um pouco mais corajoso.

— Tu negas?

— Não te devo resposta alguma — retrucou Isabel, de testa franzida e olhos afogueados.

Assim, de perto, Humberto notou certas características nela, que até então tinham sido ignoradas. Os olhos eram da cor de jabuticaba madura, tão redondos e grandes como a frutinha. Embaixo do lábio inferior, no canto esquerdo, havia uma pinta. *Sempre esteve ali?* E, por fim, não era o quarto que cheirava a flores.

— Bela.

— Tu estás embriagado! — acusou Isabel, dessa vez menos impetuosa. A distância entre eles estava curta demais.

— Um pouco, porém consciente. — Ele riu.

Isabel, de repente, teve medo de que ele estivesse ali para exigir seus direitos como marido. Não permitiria!

— Eu ordeno que tu saias do meu quarto!

Humberto estava se divertindo até notar que Isabel tremia. Ela tinha muita pose, logo escondia bem os medos. Ele recuou, alargando a distância entre os dois.

— O que está escrito naquelas folhas amassadas dentro do cesto?

— Como?

A pergunta atordoou Isabel ainda mais. Esperava outra ação dele.

— São cartas? Poemas?

— Ah, como sou tola! Considerei que eras um cavalheiro e não me preocupei em trancar a porta nas últimas noites. Contudo, és um bronco, como quase todos os homens destas terras. Certa está Bernarda. És um descarado!

— Bernarda disse isso de mim? — indagou ele, meio rindo, meio se zangando.

Isabel se arrependeu imediatamente do comentário.

— Não com as mesmas palavras. O adjetivo nada lisonjeiro é por minha conta.

Humberto gargalhou, mostrando os dentes bonitos, algo em que Isabel já tinha reparado. Espantou depressa a admiração.

— Já que entraste nesse tópico, das *palavras*, eis o tal porquê de eu entrar sorrateiramente em teus aposentos, *meu bem*.

— Tu invadiste meu quarto, mas estás de partida. Agora!

Sucuris constringem a presa lentamente antes de devorá-la. Aranhas enredam seu jantar. Humberto usou estratégia parecida. Aproveitou uns instantes de silêncio, agoniando Isabel, antes de soltar:

— Confessa, és tu Flor de Minas?

Capítulo 17

Era uma vez um lugar longínquo
Distante, tão distante da maldade
Lá, a beleza não causava inveja
Era, sim, parte do cotidiano de todos:
Pessoas, plantas, animais

Havia água em abundância
O ar era puro, fresco como o sopro de um anjo
Reinava a paz, o equilíbrio natural da vida
Comida quando se tinha fome
Bebida quando se tinha sede

De repente o tempo mudou
Gigantes que cortavam o mar
Também cuspiam uma gente estranha
Intrusos que gritavam: é meu, é meu!
Tomaram para si o que pertencia a outros

"A quem pertence o mundo?", por Flor de Minas

Meu querido irmão,

Faz semanas que não recebo notícias tuas. Sempre me angustia não saber de ti. Ponho-me a pensar se algo aconteceu, se passas bem, preocupações constantes na vida de quem quer bem ao outro. Há quanto tempo não nos vemos? Dois anos? Três? Temo já ter perdido algumas nuances de tua personalidade, como teu timbre vocal, certas expressões faciais...

Enfim, sinto tua falta, mais e mais.

Por aqui paira uma nuvem carregada. Tenho a impressão de que ela não tardará a desaguar e, quando o fizer, provocará consequências drásticas, para o bem ou para o mal. Acredito que tu estejas a par dos acontecimentos. Amedronta-me imaginar que uma tempestade possa prejudicar imensamente o cãozinho de cara peluda. Quem haveria de protegê-lo, afinal?

Quanto ao sabiá-da-mata, este não me preocupa tanto, pois tem a habilidade de voar. Confesso, os pássaros causam-me inveja. Não seria fantástico bater as asas e viajar ao sabor dos ventos, distante do solo, longe dos perigos?

Perdoa-me, irmão, estou a devanear.

Em casa — a casa da rua Direita, aquela que me obrigam a chamar de lar — também chove, porém a nuvem que ronda estes cômodos é mais gélida do que cinzenta. Ah, meu irmão, ainda não me adaptei a esta nova vida. Será que um dia irei?

Não entrarei em detalhes, pois há grandes chances de ser um relato enfadonho. Por fim, expressas em palavras, minhas reclamações pareceriam manha de uma moça caprichosa. Estou a reclamar de barriga cheia. Pois bem, talvez sim. Ao menos ninguém me controla mais.

Tenho passado mais tempo na biblioteca do padre Guimarães, sem que precise pedir permissão ou ir acompanhada. Esse é apenas um exemplo da liberdade que conquistei ao me casar com Humberto. No entanto, não negarei, há certas contrapartidas, embora guardá-las-ei somente para mim, uma vez que o intuito desta carta é cobrar de ti um sinal de vida.

Imploro-te, não tardes a me responder ou tomarei um navio para Portugal e puxarei tuas orelhas.

Despeço-me com o coração saudoso.

Com amor,

Isabel

Isabel já sabia o caminho e como fazer para espionar. Desta vez, não precisou tatear a parede no escuro para encontrar uma brecha. Dirigiu-se até a fenda e se enfiou nela sem hesitação. Não perderia aquele encontro sob pretexto algum! Fazia dias que não tinha a oportunidade de se inteirar da trama dos revolucionários. A natureza inquieta dela clamava por informações.

Outra vez, obteve sucesso — ou teria sido pura sorte? — ao conseguir se infiltrar na reunião dos conjurados sem ser notada. Ser filha de um dos membros mais importantes do movimento, ter estatura pequena e uma curiosidade mais aguçada do que a de outras pessoas facilitava as empreitadas de Isabel. Além disso tudo, sobrava-lhe coragem, o que muitos chamariam de loucura em um futuro não muito distante.

Ela guardou na memória o que julgou serem os detalhes mais relevantes discutidos no encontro, depois, saiu do esconderijo antes do fim da reunião. Sua segurança dependia de decisões tomadas racionalmente, pelo bem de Flor de Minas — e da própria Isabel.

Na noite anterior àquela, conseguira despistar Humberto, o atrevido que estava perto de desvendar o mistério do autor dos poemas satíricos. Nada o impediria de continuar tentando, ela tinha certeza disso. Por outro lado, a admissão jamais sairia da boca de Isabel. Desconfiar sem provas não valia de nada.

Mas ele flertava com a verdade, pois morava com ela! Sua determinação não seria bloqueada facilmente. Isabel precisaria redobrar os cuidados.

Apesar do susto, do ultraje e da raiva, ela andava revivendo o momento inúmeras vezes, graças à sua memória, que insistia em relembrar o instante em que flagrara Humberto em seu quarto. Acordou com o barulho provocado pelo chute no cesto de papéis, e sentiu o sangue congelar ao vê-lo dentro do cômodo.

Imaginou diversas causas para a ousadia do falso marido, mas acabou presa à mais chocante delas: invadira seu quarto porque ela era a esposa dele e, como tal, devia-lhe obrigações, ainda que tivessem esclarecido bem os termos daquele acordo.

O pior de tudo foi no que Isabel pensou em seguida. Como vinha reparando em Humberto com mais frequência ultimamente, por uns segundos, perguntou-se se seria algo tão ruim assim. Mas ela logo se condenou pelo pensamento intrusivo e se preparou para o embate. Ele que não ousasse abalar suas convicções!

Felizmente, ela imaginara errado. Mesmo sendo um atrevido, Humberto manteve a promessa e o cavalheirismo. A invasão não tinha sido motivada por um impulso carnal. Ele andava à procura de Flor de Minas, e estava mesmo muito perto de encontrá-la.

Isabel se fingiu de desentendida, como se nunca tivesse sequer ouvido falar em tal pessoa.

"Flor de Minas?" E fingiu analisar o teto, como se estivesse verdadeiramente tentando se lembrar do nome. A atitude teatral só insuflou ainda mais as desconfianças de Humberto, que não ficou nem um pouco convencido, mas deixou passar.

Na verdade, olhar para Isabel coberta apenas pela fina camisola, iluminada pelo candeeiro que mais ajudava a revelar a silhueta do que a camuflar a moça na penumbra, deixara Humberto desconfortável. Ele venceu bravamente a tentação de apreciá-la, mas a que custo!

Aceitou a derrota, enfim, apesar de não ter abandonado sua convicção. Uma hora dessas conseguiria extrair a verdade de Isabel. Ela podia ser astuta, mas até as raposas cometiam falhas.

À medida que o menino maltrapilho — a identidade que protegia a filha caçula de Eugênio Rodrigues dos perigos da noite — se distanciava da taberna onde os conjurados estavam reunidos, alguém seguia seus passos sem que ela nem desconfiasse.

Estava sendo vigiada desde o momento em que entrara na viela sem saída. Assim que a pessoa detectou a presença do menino, tomou uma rápida decisão, deixando de lado seus afazeres para manter o sujeitinho sob vigilância.

Isabel caminhou depressa, olhando ao redor constantemente. Não havia nenhuma alma pelas ruas, a não ser um ou outro bêbado, que mal davam conta de sustentar o próprio peso. Esses não lhe fariam mal. Seguiu adiante até chegar aos fundos do casarão onde a mãe e as irmãs de Humberto moravam. Um calafrio percorreu sua coluna. Tinha acabado de escapar da boca do lobo e fora flertar com a onça. Ela não se cansava de correr perigo?

Se fosse pega, nem padre Guimarães conseguiria interceder por ela. *Nem se Jesus voltasse à Terra e suplicasse por minha salvação.*

Mas Isabel chegara longe. Recuar não era mais uma opção. Sabia demais, acusava todo mundo em seus poemas, ficava do lado dos oprimidos. Pulou, portanto, a cerca que limitava a propriedade da família Maia. Caiu de mau jeito, machucando o joelho. Doeu, mas ela não se lamentou. Ignorou a dor enquanto corria até o galpão de Humberto. No escuro, tudo era mais difícil. Tropeçou bastante, trombou em galhos, mas prosseguiu. Ela se preocuparia com as feridas no dia seguinte.

O único acesso ao galpão era pela porta. Isabel riu de desespero quando viu o tamanho do cadeado que trancava a entrada. Claro que Humberto protegeria seu jornal!

Uma coruja fez um voo rasante. Por pouco, não esbarrou na cabeça de Isabel, que deu um pulo para trás. Ela pousou no telhado do galpão e piou daquele jeito agourento que só as corujas sabem.

— Tu és a guardiã do lugar? — indagou a moça, tomada de frustração. — Não me rogues praga.

Ela chegara tão perto... mas se viu impedida de entrar pelo enorme cadeado.

— Há de haver uma forma — falou para a coruja, que girou a cabeça em um ângulo estranho.

A ave não impunha perigo a Isabel, mas animais peçonhentos deviam estar se arrastando pelo chão, cujo mato alto servia de perfeito esconderijo. Mesmo com medo de tomar uma picada venenosa, ela percorreu o entorno da pequena construção. Não havia janelas, sequer um buraco na parede. Nada.

A solução era voltar para casa sem deixar os poemas ali. A publicação de um de seus textos no folhetim de Humberto, aquele lançado junto à pedra, tinha repercutido conforme Isabel esperava: as críticas ao Reino e ao governo de Minas alcançaram mais pessoas, cada vez mais unidas pelo mesmo sentimento — revolta. Ela queria muito poder contar com aquele veículo de transmissão para propagar suas ideias em larga escala.

Do casaco roto, Isabel retirou os poemas de um bolso costurado na parte interna da roupa. Se pudesse entrar, escreveria mais um às pressas, inspirada pelas informações colhidas momentos antes.

— Deixá-los-ei aqui, sra. Coruja — avisou, prendendo as folhas sob uma pedra larga. — Tomarias conta deles por mim?

A ave ficou quieta, alheia ao pedido de Isabel. Ainda assim, a jovem recebeu uma resposta:

— Deixemos a coruja fora da conversa. Tu podes tratar diretamente comigo, Humberto de Meneses Maia, a teu dispor.

Isabel teve a sensação de que sua alma deixou o corpo por uns instantes e, depois, encontrou dificuldade para retornar. Estava atônita, em choque.

— Esta é a segunda vez que nos encontramos, *rapazinho* — continuou Humberto, sustentando a farsa só por diversão. — Hoje não há cães nem pedras, logo dar-me-ás uma bela explicação.

De costas para ele, não existia rota de fuga para Isabel. Era dar de cara na parede ou confrontar Humberto. Sentia-se tão nervosa, que a respiração não fazia o circuito completo; o ar estava preso e não chegava aos pulmões.

— Quanto antes tu te manifestares, mais cedo voltaremos para nossas casas. Não é prudente esperarmos o céu clarear. Minha mãe, que reside nestas terras, é madrugadora, pula da cama tão logo os primeiros galos cantam.

Isabel inspirou. Se a coruja saltasse do telhado e voasse contra Humberto, talvez ela conseguisse sair correndo. Porém, além de muito improvável, o joelho machucado latejava. Estava inchando.

Devagar, ela girou o corpo.

Humberto estreitou o olhar, tentando enxergar melhor. Apesar da escuridão, da boina retendo o cabelo longo e das roupas largas e masculinas, ele não duvidou um só segundo de que aquele ser diminuto e farroupilha era Isabel.

— Tu sabes o motivo de eu não estar perplexo? — perguntou ele, calmamente.

Ela não se mexeu. Manteve o corpo firme, o olhar aguçado, como uma fera atenta.

— Sim, eu já estive chocado, no momento que desconfiei de ti. Mas hoje não estou surpreso. Admirado, sempre, porque és mais que corajosa; insana, provavelmente. Porém, não surpreso, porque eu não apenas desconfiava, como já sabia quem eras tu.

— Tu não sabes coisa alguma — retrucou ela, em um tom de voz gélido. — Deixa-me passar que quero voltar logo para casa.

Isabel se moveu, ignorando a dor no joelho, louca para escapar daquela situação, mas não chegou a dar nem três passos, pois Humberto interveio, barrando a passagem dela.

— Voltaremos juntos, pois sou um homem curioso e anseio ouvir tua história, *Flor de Minas*.

Capítulo 18

Quando os sinos dos finais dos tempos tocarem
A anunciar o derradeiro dia de todos na Terra
Quem há de ser chamado primeiro?
Decerto o homem que paga o dízimo mais substancioso
Crê que tem certos privilégios
Também os ricos que mandam erguer capelas
Não duvidam de que receberão o melhor lugar no céu

A barca! A barca! Anuncia o condutor das almas
Para onde me levas?, pergunta o rei
O que queres de mim?, questiona o contratador
Erraste o caminho!, avisa a madame
Sabeis quem somos?

A barca! A barca! Aqui vós sois alma, não gente
Segurai vossos destinos, pois não ordenais; obedeceis!

"Fim dos tempos", por Flor de Minas

Isabel dava passos largos para ganhar distância de Humberto, que seguia logo atrás, saboreando a agradável descoberta. Um silêncio incômodo pesava sobre os dois. Assim foi o percurso de volta para casa.

Observando-a pelas costas, ele via a pessoa cuja cabeça tinha sido colocada a prêmio pelo governo. Ninguém acreditaria, assim como ele mesmo ainda duvidava. Principalmente quando se punha a pensar na improbabilidade de uma mulher agir como Isabel vinha fazendo, sem ser pega, o que era ainda mais impressionante.

Ao pensar nas coisas que fariam com ela, caso a descobrissem, sentiu uma agonia oprimir seu peito. Não haveria perdão.

Isabel subiu em disparada para o quarto tão logo chegaram em casa. Entrou pela porta principal do cômodo, correndo até a outra para trancá-la, pois previa que Humberto iria atrás dela.

Ele não foi.

Ficou aliviada — e secretamente agradecida — por ele ter lhe dado esse espaço naquele momento delicado. Nada de bom sairia de sua boca caso fosse obrigada a falar.

Culpava-se pelo descuido, mas também sentia raiva, mais de si mesma do que do próprio Humberto. Ele, sendo bem honesta, não agira nem um pouco diferente do que a própria vinha fazendo: seguindo pessoas e as espionando. Mesmo ciente disso, preferiria que o marido tivesse mantido as desconfianças guardadas com ele.

Quanta humilhação!

Isabel arrancou as roupas velhas e chutou-as para debaixo da cama. Depois, sentou-se, tentando controlar a respiração. Com as emoções dominando os pensamentos, acabou se lembrando do dia em que Flor de Minas nascera. Não segurou o sorriso que surgiu junto com a memória.

Ela havia acabado de chegar da casa paroquial. Naquele dia, os livros da biblioteca do padre não tiveram o poder de atraí-la, pois estava concentrada na história real que se desenvolvia bem diante de seus olhos.

Um ser miúdo, de aparência um tanto assustadiça, devorava o pão que padre Guimarães lhe dera. Era um menino recém-saído da infância, de olhos e cabelo pretos como carvão. Ela o achou parecido com um lobo, não o físico, mas o jeito meio agressivo, meio arredio.

O menino comeu o pão e, em seguida, tomou um copo de leite com tanta voracidade que acabou deixando escorrer um filete pelo queixo. Constrangido com a presença de Isabel, ele rapidamente enxugou o líquido com o dorso da mão. Não teve coragem de encará-la sequer uma única vez.

A situação do menino sensibilizou Isabel. Estava claro que ele pertencia a alguma aldeia indígena e que algo terrível tinha acontecido. Embora não derramasse lágrimas, seu sofrimento era visível. Todo seu ser emanava revolta e pânico.

Padre Guimarães achou melhor mandar Isabel de volta para casa. Ela não queria sair de lá. Precisava saber mais informações a respeito do menino, entender de onde viera e por que estava ali. Mas seguiu a ordem do padre e foi embora, cheia de curiosidade e compaixão.

Passou o restante do dia reflexiva, imaginando a história do pequeno menino-lobo, sabendo que, em nenhuma das possibilidades criadas, o final era feliz. *Perdera-se da família? Havia sido capturado e conseguira escapar?* Dona Hipólita percebeu que a atenção da caçula andava nas nuvens e resmungou que a culpa era dos livros aos quais tinha acesso na biblioteca do padre.

Não, dessa vez a causa era a vida real.

Dias se passaram até que Isabel recebera da mãe autorização para visitar padre Guimarães, com Domingas de companhia, claro. Ele estava na sacristia, limpando os paramentos sacerdotais. "Deixa que eu cuido disso, padre." Enquanto lustrava cálices, sinos e castiçais, Isabel perguntou pelo menino. Antes de falar, o padre soltou um suspiro, desses que servem para demonstrar quão pesada a vida é.

Então, ele fez um longo desabafo sobre tudo o que pensava a respeito das atrocidades cometidas na Colônia desde a chegada dos europeus. "No meu entender, Deus criou o mundo para todas as criaturas, todavia a cobiça do coração humano é difícil ou impossível de contentar." Criticou a forma como os europeus tomaram as terras para si, impondo sua fé, sua cultura, seu modo de viver, ao mesmo tempo em que se apropriavam de tudo o que julgavam valioso, removendo do caminho todos os empecilhos. "Talvez estorvos, tanto a natureza quanto as gentes que aqui nasceram", reforçou o sacerdote, com o olhar perdido em suas reflexões. "Curiosamente, minha filha, eles acreditavam ser caridosos, pois aqui estavam para cumprir a missão de salvar as almas pagãs da danação eterna."

Isabel acompanhava com fascínio o raciocínio do clérigo, esquecida de seu trabalho de polir as peças eucarísticas.

Domingas, tão impactada quanto, também ouvia as palavras com atenção.

"Numa crônica do passado, um certo Pero escreveu que, na língua dos povos nativos desta terra, não havia três letras: F, L e R. Para o escritor, tal descoberta foi digna de espanto, pois assim, consequentemente, eles não tinham fé, lei nem rei, a viver, dessa maneira, sem religião, sem justiça e sem organização."

Isabel não tinha conhecimento desse texto, apesar de ler tantos outros. Estava boquiaberta.

Padre Guimarães prosseguiu, destacando que a fonte das justificativas para o extermínio cultural e físico dos indígenas americanos se sustentava naquele tripé. Contou histórias, casos de conhecimento geral, das inúmeras aldeias massacradas, incluindo até mesmo crianças, das invasões de terras, enfim, externou tudo o que considerava bárbaro e indigno dos ensinamentos de Jesus Cristo.

"Em nome da ganância, muitos homens deturpam a filosofia cristã para terem conforto espiritual. Cometem atrocidades de dia e dormem em paz à noite."

Ao final do longo discurso, padre Guimarães finalmente contou a história do menino, ou menino-lobo, segundo Isabel.

"Foi o único sobrevivente do massacre que ocorreu em sua aldeia, um pequeno amontoado de ocas, às margens do rio do Carmo. A pobre alma viu pais e irmãos serem mortos, e só não teve o mesmo destino porque, antes de padecer, sua mãe o meteu em um buraco, aos pés de uma árvore de tronco robusto. Não sei com exatidão, contudo imagino que tenha permanecido escondido um ou dois dias após a chacina do seu povo. O coitado chegou aqui faminto, com os olhos injetados e pronto para brigar."

Isabel não conseguia calcular o sofrimento do menino, tão dolorido quanto revoltante. Ela também não compreendia as razões de tanta barbárie, mas estava certa de que, se os europeus não tivessem aportado no Novo Mundo, a vida continuaria fluindo de maneira natural. Quis saber qual seria o futuro do menino, e o padre contou que ele tinha sido levado para um lugar seguro e amistoso, onde conseguiria crescer sem medo. "Ele agora recebe cuidados num quilombo, está seguro, e logo, tenho fé, recuperará a alegria de viver."

Quem presencia o assassinato da própria família dificilmente recupera a alegria, assim acreditava Isabel.

Depois que ouviu aquela história, ao chegar em casa, usou a pena e o papel para escrever o que sentia. Ao terminar o texto, que se configurou no formato poema sem que Isabel tivesse planejado, assinou automaticamente como *Flor de Minas*. Só mais tarde, ela decidiu que o pseudônimo era perfeito e combinava com sua personalidade. *Flor é algo frágil, efêmero, como a existência das mulheres, porém muitas são venenosas ou contêm espinhos, portanto enganam os desavisados, assim como eu.*

Esse primeiro poema nunca chegou a ser distribuído pela cidade. A ousadia de Isabel ainda não tinha alcançado tal nível, o que não tardaria a ocorrer. Além disso, ela o julgou muito pobre, sem estilo, nada poético.

Quanto vale a vida de um cativo?
Disseram:
Desde que tenha corpo sadio
E alma destroçada
É de grande valia

Vale o quanto pesa
Sem que seja um peso
Vale enquanto reza
Contrito, indefeso

Não ouses
Não sonhes
E sobretudo não existas
Muito menos resistas
Apenas aceita teu destino
Como um bom cristão
Ainda que não conheças Cristo

"Cobiça incontida", por Flor de Minas

Assim nascera, ou melhor, renascera Isabel como Flor de Minas. Nela, sentia-se forte, corajosa, imbatível. Ninguém podia contra ela, porque era como neblina em Vila Rica — sempre incômoda, mas jamais exterminada.

Até aquela fatídica noite...

Caiu de costas na cama, empurrada pelo valor da memória e pelo peso de ter sido descoberta. E, depois de muito rolar pelo colchão, acabou vencida e dormiu um sono agitado. Sonhou que tinha sido capturada pelos Dragões do Regimento da Cavalaria, porém, quando o soldado a acorrentou, viu que era na verdade dona Hipólita.

"Que crime eu cometi, mamãe?", questionou ela, com o olhar suplicante.

"Eu te disse! Ser letrada não é uma característica positiva às mulheres. Tu serás castigada com o rigor da lei."

Pela manhã, o impacto do ocorrido não amenizara. Isabel fez hora para sair da cama, para se vestir, para deixar o quarto. Quando o fez, o sol já estava alto, brilhando felicidade, mas ela nem notara. Desceu as escadas do sobrado pensando em comer uma fruta na cozinha, sem esperar encontrar a mesa da sala de refeições posta e Humberto sentado diante dela, sem tocar em nada.

Ela interrompeu os passos, hesitante. Ali não era obrigada a coisa alguma, diferentemente do rigor aplicado no solar da rua São José. Se decidisse, passaria reto ou voltaria para o quarto. Então, ergueu a cabeça e seguiu em frente, pronta a compartilhar o café da manhã com Humberto. *Não me tornei uma bobona da noite para o dia.*

Bernarda serviu café aos dois, em elegantes xícaras de porcelana. Trocou olhares com Isabel, imaginando equivocadamente o motivo do clima tenso. Voltou para a cozinha prendendo a língua entre os dentes.

Humberto tomou um gole da bebida. Ele parecia calmo, quase indiferente, como se tivesse se esquecido de tudo o que descobrira na noite anterior.

— Tu não estás falante como de costume — comentou ela, provocando. — Surpreendentemente, desta vez não invadiste meus aposentos ou leste escritos que não eram para ti.

Humberto deu um meio-sorriso. Parecia um gato a caminhar sobre um muro, manso, elegante, mas prestes a saltar a qualquer instante.

— Estou a deliberar sobre como lidar com a surpreendente descoberta de ontem.

— Nada que diz respeito a mim requer tua preocupação, portanto não penses mais sobre esse assunto. Sigamos nossas vidas como de costume: tu com teus segredos; eu com os meus.

O sorriso de Humberto alargou.

— Tua confiança é admirável, *meu bem*. Porém, continuo cheio de dúvidas. Fascina-me tua inteligência e perspicácia, qualidades que te possibilitaram saber tanto e te levaram até meu jornal. São tantas indagações que apenas este momento à mesa de café da manhã não seria suficiente.

Do ponto de vista de Isabel, ele era um sujeito irritante. Ao mesmo tempo, tinha o poder de mantê-la envolvida em uma teia. Não devia explicações ao falso marido, mas, por alguma razão desconhecida, não se importaria de contar tudo. Antes, no entanto, dificultaria bastante até a exposição da verdade.

— Nem todo o tempo do mundo obrigar-me-ia a dizer o que não quero. Percebes?

Inesperadamente, Humberto atravessou o braço sobre a mesa e segurou uma das mãos de Isabel, que estava quente, talvez pela temperatura da xícara. Ela se assustou com o gesto e tentou puxar a mão de volta, mas ele não cedeu.

— Obrigar-te? Não, eu não faria isso — assegurou, um tanto surpreso com a própria atitude. — Entretanto, teus pais podem querer fazer as vezes. Bem, se não sr. Eugênio, talvez dona Hipólita se encarregue disso, com muito gosto.

Capítulo 19

Há dias a pena está quieta
O tinteiro anda seco, triste
Limpo vive o papel, pálido
Emudeci...

"Onde está a minha voz?", por Flor de Minas

Os habitantes de Vila Rica amanheceram com uma novidade espalhada pelas ruas e vielas. Mal deixaram suas casas para os afazeres matinais, encontraram cartazes colados por muros e cercas, cujos dizeres demonstravam mais afinco do governo na busca pela pessoa escondida atrás do título Flor de Minas. Meninos também ajudavam na divulgação, espalhando a informação aos gritos.

Ainda era dezembro, restavam alguns dias para a virada do ano, no entanto a atmosfera em Vila Rica não era das mais festivas. A Coroa havia se cansado do rato que corroía a mente dos mineiros com seus ataques nada estilosos — porém, efetivos. Dera um prazo aos Dragões e esperava que não fosse mais postergado. Chegara a hora da vitória dos gatos.

Outra cabeça colocada a prêmio era a de Humberto. Portugal exigia que o responsável pelo folhetim clandestino fosse descoberto, preso e punido exemplarmente, de preferência diante de toda a população. Quem sabe assim ninguém mais ousasse se voltar contra o Reino?

As notícias correram depressa e chegaram ao sobrado da rua Direita, pela boca de Osório, que comentou com Bernarda, que contou aos demais empregados da casa. Não demorou para que Isabel e Humberto também tomassem ciência, isso naquele mesmo dia, enquanto faziam o desjejum e trocavam farpas à mesa de café da manhã.

Ninguém mais, em parte alguma, sabia quem era quem. Os conjurados conheciam a identidade do jornalista, mas nem imaginavam quem era Flor de Minas, um ser invisível aos olhos de toda Vila Rica, à exceção de Humberto. Ao mesmo tempo, os dois se descobriram cúmplices na tarefa de resguardar aqueles segredos tão perigosos. Sem querer, um vínculo nasceu.

— É urgente que conversemos, Isabel — disse Humberto.

Ela não impôs resistência. Então, ambos deixaram a mesa — o farto café esquecido — e foram até o quarto de vestir. Parecia que os dois concluíram que era o melhor lugar da casa para terem privacidade.

A sós, ele deixou claro que a situação pioraria. Em um lugar do tamanho de Vila Rica, onde todos se conheciam pelo menos por nome, era impossível ludibriar o governo para sempre.

Sentada em uma poltrona forrada com veludo verde-floresta, Isabel esfregava as mãos uma na outra. Não queria abandonar Flor de Minas, seria o mesmo que sufocar parte de si mesma.

— Por favor, aplaca minha curiosidade — pediu Humberto. — Como consegues ser tão sorrateira? Tua mãe é vigilante feito serpente. O solar da São José tem inúmeros empregados. Há olhos em todos os cantos. Não entendo não teres sido flagrada.

— Ninguém permanece acordado durante todas as horas do dia. Sempre esperei a casa adormecer. Memorizei as tábuas mais firmes para pisar com as pontas dos pés, silenciosamente.

— Ainda assim, os riscos existiam. Uma vez? Duas? Tudo bem. Mas até mesmo a sorte um dia vai embora. O que tu és? Um ser de outro mundo?

Eles riram juntos, risos suaves, sem peso, como ocorre entre amigos, pessoas que confiam umas nas outras. Contudo, ao notarem a atmosfera amistosa, aprumaram o corpo rapidamente.

— Acaso tu és diferente de mim? — indagou Isabel. — Tu te arriscas ainda mais do que eu, pois manténs a prova do que fazes à mostra, erguida no terreno de tua família. Isso é sinal de insanidade, a meu ver.

Ele achou graça do jeito dela. A cada dia, Isabel despertava nele um desejo de conhecê-la melhor. Sua identidade era formada por tantas camadas! Dava vontade de descobrir uma a uma.

— Diz-me, por favor, o que move tuas ações? Por que nada temes? E como tu chegaste até mim?

Um pouco mais cedo, Isabel era a ira em pessoa, afinal, Humberto usara um tom intimidador para exigir explicações, ameaçando envolver os pais dela. Agora, sentia-se confortável. Era uma boa hora para baixar a guarda e decretar uma trégua nos embates verbais.

Sendo assim, de maneira resumida, Isabel expôs sua personalidade questionadora, alimentada por suas observações e pelas leituras que tanto apreciava. Falou das conversas longas e reveladoras com padre Guimarães, com quem podia argumentar sem ser tolhida ou julgada, embora isso não a impedisse de ouvir sermões sempre que o sacerdote considerava necessário.

Não se esqueceu de contar que Luiz era um espelho para ela, a quem seguia como um cachorrinho carente desde pequena. O irmão, assim como o pai, tinha um caráter íntegro, que não lhe permitia ignorar as injustiças.

— Muito do que sou é herança deles — admitiu.

A luta de Humberto para não se deixar fascinar por Isabel não estava surtindo efeito. Ele mal piscava enquanto a ouvia. Parecia criança escutando uma história envolvente.

— Mamãe, coitada, foi quem mais sofreu devido ao meu jeito. Até para nascer, eu dei trabalho.

Isabel abrira as portas para que Humberto soubesse exatamente quem era ela. Listou as leituras que mais influenciaram seus pensamentos, bem como seu desinteresse pelas futilidades da vida de uma dama bem-nascida.

— Futilidades? — indagou ele, com um sorriso de lado e uma das sobrancelhas erguida. — Tu ofendes a maioria das mulheres, inclusive tua mãe e tuas preciosas irmãs, não percebes?

— Nascemos para obedecer e servir. Se o destino das mulheres fosse traçado por nós mesmas, quaisquer escolhas seriam justas, e eu jamais as chamaria de fúteis. — Isabel tomou fôlego. — Mas somos criadas com objetivos bem definidos. Fazem-nos acreditar que sorrir com recato, cruzar as pernas com delicadeza, colocar a mesa com esmero são ações indispensáveis a uma boa moça. Qualquer coisa aquém disso transforma-nos em seres de conduta questionável. Portanto, meu caro, fazem-nos crer que tais futilidades são inerentes à natureza feminina. Compreendes?

— Tu és uma mulher muito interessante, Isabel. Eloquente, sagaz...

— Ó, como isso é possível, não é mesmo? — ironizou ela.

— Perdão. Tenho muito que aprender contigo.

Eles se entreolharam. A cada vez que os olhos se atraíam, uma faísca chamuscava dentro deles.

— Por favor, conta-me a história de Flor de Minas. Há meses busco por ela.

— Por ele, creio eu — retrucou Isabel. — Duvido que tu sequer tenhas imaginado tratar-se de uma mulher.

— De fato, de fato.

Humberto encarou a ponta dos sapatos para esconder o acanhamento.

Isabel o perdoou e relatou o nascimento de Flor de Minas, desde o encontro com o pequeno indígena na casa paroquial e a escrita feroz do primeiro poema satírico.

— Eu apenas escrevi o que senti. A alcunha Flor de Minas veio espontaneamente. Não pretendia fazer cópias, tampouco distribuí-las pela vila. Isso aconteceu algumas semanas depois, quando passei a me infiltrar nas reuniões dos conjurados.

— Portanto, indiretamente, somos todos responsáveis por teu ímpeto — concluiu Humberto, usando os dedos para coçar a pele sob a barba.

— De certa forma, sim. Eu também gostaria de pertencer ao grupo, de ser uma das mentes pensantes, que elaboram, articulam e tramam, como papai, ou Tiradentes, ou os poetas. Minha contribuição seria de grande valia, caso eu fosse homem. Logo, restou-me lutar a meu modo. Posso ser mulher, mas ninguém é mais combativa que eu, mais efetivamente descarada. Os senhores do movimento revolucionário confabulam; suas ações são tímidas, porém.

— Porque é necessário que sejamos cuidadosos! Se apanhados, recairá sobre cada um de nós a acusação de sermos traidores da pátria. Consequentemente, seremos todos castigados — retrucou Humberto, incomodado com a fissura que Isabel provocara em seu orgulho. — Isso inclui o senhor teu pai.

Ele deu a volta no cômodo, depois retornou, usando as pernas para impulsionar os pensamentos. Isabel seguia os passos dele com o olhar, não entendendo a causa de sua repentina agitação.

— Estás nervoso?

— Preocupado.

— Subitamente?

Humberto parou, girando o corpo até ficar de frente para ela, que permanecia sentada na poltrona de veludo. Seus tornozelos estavam cruzados, e as mãos repousavam sobre os joelhos. Parecia uma tela pitoresca.

— Não existe nada que te aflija, Isabel? Acaso tu és esculpida em mármore?

Ela ficou de pé, a fim de diminuir a diferença de altura entre os dois.

— Ah, sim, talvez pareça a ti que sou feita de pedra, rocha dura, inquebrável. — Isabel cutucou o peito dele com o dedo indicador, e Humberto reagiu dando um passo para trás. — No entanto, senhor jornalista, meu coração é mole feito manjar, que derrete inteiro diante das injustiças, que reage sempre que meus olhos veem os modos como a crueldade humana se materializa.

Ela lhe deu outro cutucão, dessa vez com mais força. Humberto não se moveu. Gostou da sensação.

— Um menino indígena presenciou o assassinato dos pais. Foi o único? Não. Foi mais um dos infinitos rastros da ganância desenfreada dos homens que detêm o poder. Africanos e seus descendentes sofrem todo tipo de tortura de modo a satisfazer a cobiça daqueles que já têm o bastante, mas nunca, jamais se contentam. Deveria eu ignorar o sofrimento alheio? O medo de ser descoberta é mais relevante do que a dor de tanta gente? — Isabel se interrompeu para tomar fôlego e, então, concluiu sua lógica: — A teus olhos, eu sou destemida. Aos meus, sinto vergonha. Assim, ajo como ajo, porque não me permito ser somente uma tola espectadora das mazelas humanas. Quisera eu ser ignorante! Decerto viveria mais feliz, realizada com as pequenezas da vida. Contudo, conforme diz mamãe, eu sou irrequieta. Já Luiz crê que não pertenço a este mundo. Enfim...

Finalmente, Isabel retirou o dedo do peito de Humberto, mas ele reagiu rapidamente ao abandono, prendendo o dedo dela com uma de suas mãos. O movimento imediato o desequilibrou e acabou projetando seu corpo para a frente. O resultado foi algo constrangedor: seu corpo caiu sobre o de Isabel, e ambos terminaram amparados pela poltrona de veludo verde-floresta, um em cima do outro, olhos nos olhos e nariz resvalando em nariz.

A respiração dela se misturava com a dele, enquanto os corações se comunicavam através da forte pulsação, alternadamente, como se um esperasse o outro bater para reagir.

— Tudo bem? — perguntou ele, em um fiapo de voz.

— Um-hum.

— Finalmente, fiz a obstinada Isabel perder a capacidade de articular as palavras?

A brincadeira despertou a fúria dela, que o afastou com um empurrão.

— A única coisa que tu fizeste foi apertar meus pulmões com teu peso — desconversou Isabel, minimizando seu estado emocional um tanto abalado.

— Teu rosto enrubescido contradiz tua resposta, *meu bem*.

Fosse por embaraço ou raiva, suas bochechas estavam mesmo quentes. Sem argumentos, restou a Isabel girar nos calcanhares e buscar refúgio na solidão de seu quarto, onde se serviu de um copo de água para aplacar o repentino calor.

Acalma-te, coração traidor!

Capítulo 20

Aprendi a me expressar na língua dos brancos
Para ver se assim eles entendem minha dor
Decorei Pai-Nosso e Ave-Maria, mas, para ser franco,
O problema deles comigo não é a língua, mas a cor

"Um 'pequeno' detalhe", por Flor de Minas

Minha querida Isabel,

Espero que esta carta, ao chegar a tuas mãos, encontre-te em plena saúde. Fui colocado a par de certas circunstâncias que muito me preocuparam, tanto que tomei uma decisão: irei ao Brasil em breve. Terei um período de descanso antes de me formar, o que me permitirá passar uma temporada em Vila Rica, junto a vós — tu, nosso pai, nossa mãe e Maria Efigênia. Com sorte, verei Carlota também.

É tempo de retornar às raízes, de estar com os meus. Viver no estrangeiro proporciona-me inúmeras vantagens, entretanto não há nada mais precioso do que a família que tenho. Tenho andado muito saudoso e melancólico.

Dentro de alguns dias, tomarei um navio em Lisboa. Levarei presentes para todos, coisas bobas, como bibelôs, tecidos, temperos. Não para ti, minha mais querida irmã. Embora tu estejas casada agora, sei que nada disso faz teus olhos brilharem. Tu desejas livros, então satisfarei tua vontade.

Quando aí eu chegar, faremos caminhadas juntos, de modo que possamos conversar bastante, até que nossas gargantas fiquem secas, e daremos nos nervos de mamãe, como fazíamos antes, na infância.

Apenas mantém-te saudável, cuida de tua saúde, pois logo estaremos reunidos novamente.

Com carinho,

Luiz

Se lá atrás, no passado, Eugênio Rodrigues ao menos imaginasse que tipo de pessoa a filha caçula tornar-se-ia, é provável que jamais a teria incentivado a ler. Nada do que Humberto acabara de lhe contar fazia sentido, por isso ele relutava em acreditar, apesar de intimamente ter certeza de que tudo era a mais chocante verdade.

Passou vários minutos em profundo silêncio, alisando o bigode de modo inconsciente. Não bastava ele mesmo ter uma conduta revolucionária, depois Luiz, envolvido com os cábulas de Coimbra, agora Isabel, a mais nova rebelde da família. Se bem que a caçula vinha atuando na surdina havia bastante tempo.

— Virgem Santíssima, a menina poderia estar morta a essas alturas — murmurou ele, apavorado com a previsão. — Como eu não desconfiei de nada? Ela tramou tudo aqui, bem debaixo do meu bigode!

Humberto pensava como o sogro. Foram tantas oportunidades de Isabel ser descoberta, tantos sinais dados por ela, todos ignorados.

— Nós, Santinha e eu, acreditávamos que Isabel fosse apenas uma moça idealista, à frente do tempo, porém com juízo. — Eugênio estalou a língua. — Que juízo que nada! Muito esperta, muito letrada e bastante inconsequente, isso, sim!

As mãos dele tremiam, resultado dos vários sentimentos que o consumiam: choque, culpa, impotência, raiva e medo.

— Pois diz-me, meu rapaz, como encararei a senhora minha esposa? Ainda que eu nada soubesse, a responsabilidade é minha.

— Perdoa-me a impertinência, sr. Rodrigues, mas creio que Isabel seria a pessoa que é de uma forma ou de outra.

— Não estou certo disso, Humberto. As reuniões dos conjurados deram a ela motivos para agir. Assim como nós, a menina se revoltou contra os abusos da Coroa. Deu no que deu...

Humberto entregou um copo de água para Eugênio. O homem estava muito tenso.

— Senhor, Isabel aborda diversos assuntos em seus poemas acusatórios, não apenas fatos relacionados à conspiração. Ela, escondida atrás de Flor de Minas, denuncia a escravidão, a perseguição aos povos da terra, as regalias de certos representantes da igreja. Não há limites para seu escárnio. Portanto, com ou sem revolta contra o Reino, Flor de Minas existiria.

Eugênio Rodrigues concordou com o genro. Nada impediria Isabel de lutar como pudesse.

— Confesso que cultivei esperanças de que o casamento frearia seus impulsos — desabafou ele.

Humberto se limitou a rir, mas acabou dizendo:

— Ninguém pode com Isabel, sr. Rodrigues, muito menos eu.

Ambos preferiram não comentar os termos do matrimônio naquele momento, já que não serviria para nada tocar no assunto.

— Pois bem, agora que o leite entornou, resta a nós limpar a bagunça. Só me vem uma alternativa à cabeça para evitar que minha filha tenha um futuro trágico. Aliás, não apenas ela. Tu também estás a ser caçado pelo governo.

O rapaz tentou minimizar sua situação, argumentando que sempre esteve na mira dos representantes da Coroa no Brasil, mas manteve-se oculto, passando despercebido com a maior naturalidade. Além disso, naquela fase do movimento, o que para ele era o ápice da conjuração até então, não faria sentido deixar de propagar as ideias dos revoltosos em troca de sua integridade física.

— Não é minha intenção calar tua voz, meu filho — apaziguou Eugênio. — Tua função é de suma importância para a causa. Contudo, o momento atual é de precaução, de vigília extrema. Sejamos cautelosos, por ora, ou melhor, mais cautelosos do que já somos.

Nesse instante, dona Hipólita bateu na porta e entrou no escritório sem esperar autorização. Carregava uma bandeja com um bule de café recém-coado e um par de xícaras de porcelana fina, além de um prato com biscoitos amanteigados, feitos por ela mesma.

— Por Deus, Santinha, estou a tratar de um assunto confidencial com nosso genro — reclamou Eugênio, mas aceitando a xícara oferecida a ele.

— Há segredos entre nós, sr. Rodrigues? — indagou ela, sempre muito impositiva.

Tal comportamento levou Humberto a concluir que a personalidade forte de Isabel não era herança apenas do pai. A mãe também fugia aos padrões da época, mesmo que fizesse questão de propagá-los.

— Mais tarde nós conversamos, Santinha. Agora deixa-nos a sós novamente. Decisões precisam ser tomadas. Temos pressa.

Ela fez uma careta, mas não protestou. Perto da porta, ouviu:

— Obrigado pelo café e pelos biscoitos, querida.

Dona Hipólita resmungou algo que ninguém compreendeu, fazendo Humberto rir, apesar da atmosfera tensa.

— Filho, volta a esta casa mais tarde, com Isabel. Revelarei minha decisão a ambos.

O genro assentiu, deixando Eugênio sozinho com seus pensamentos, alisando o bigode vagarosamente.

Que aquela menina não me arranje mais dores de cabeça. Custava ter o caráter similar ao das irmãs?

Ao ser informada de que o pai queria falar com ela, Isabel previu o que a aguardava. Pensou em se recusar a encontrá-lo, mas, por fim, considerou que seria falta de respeito, além de só servir para adiar o inevitável. Se ela não fosse até Eugênio Rodrigues, ele iria até a filha.

No solar da rua São José, o casal foi recebido por Maria Efigênia, cuja curiosidade era nítida. Humberto, solicitado pelo sogro, deixou as duas a sós, enervando ainda mais a já irritada Isabel.

— Conta-me tudo — exigiu a irmã do meio, agarrada no braço da caçula. — O que tu aprontaste desta vez?

Isabel se deixou ser conduzida até o quarto de Maria Efigênia, onde se jogou na cama, com sapato e tudo, só para implicar com a curiosa.

— Tu pisaste no calo de teu marido? — provocou a moça, com ar de deboche. — Deixaste de cumprir com tuas... obrigações de esposa?

— Efigeninha, cala-te ou arrancarei teus cabelos!

O rosto de Isabel se pintou de rosa, não por causa da pergunta capciosa da irmã, mas, sim, por permitir que a imaginação avançasse nesse sentido vez ou outra.

— Perdoa-me, irmã. A verdade é que sinto tua falta, de ti e de Carlota. Este casarão agora lembra um mausoléu mal-assombrado.

— Eu também tenho saudade de nós três. — Suspirou Isabel, nostálgica. — Por que não me visitas com mais frequência? Adoraria que fosses me ver todos os dias.

Elas se deitaram lado a lado, de mãos dadas.

— Tira esses sapatos imundos! — exigiu Maria Efigênia.

Isabel obedeceu.

— Mamãe não permite que eu vá te ver diariamente. Ela diz que casais recém-casados necessitam de privacidade.

— Ora, por quê?

Um sorriso provocante brotou no rosto da irmã.

— Porque um não consegue ficar com as mãos longe do outro.

O rosa virou vermelho, fazendo Isabel parecer febril. Recordou-se da cena desconcertante no quarto de vestir, quando Humberto caiu sobre ela. Desde então, vivia com essa memória aflorada.

— Tua cabeça anda bem maliciosa, Efigeninha. Sugiro que tu arranjes logo um noivo e me deixes em paz.

Gargalhando, Maria Efigênia encheu a caçula de cutucões, fazendo-a rir e esbravejar ao mesmo tempo, até que Domingas entrou no quarto, dizendo a Isabel que fosse ver o pai, que esperava por ela no escritório.

Ela não segurou o longo suspiro, símbolo do descontentamento. Apesar de Humberto não ter adiantado o assunto, sabia que ele contara a Eugênio o segredo dela. Para sua surpresa, o pai estava acompanhado de mais pessoas do que ela calculara. Além de Humberto, o único esperado ali, a mãe e padre Guimarães completavam o grupo.

— O que é isto? — indagou ela, perplexa. — A Santa Inquisição?

— Isabel, não sejas atrevida! — ralhou dona Hipólita. — Tua condição não é das melhores neste momento.

Padre Guimarães sinalizou para que Isabel se aquietasse. Não a ajudaria em nada se armar de impertinência. Ela obedeceu ao sacerdote, mesmo que seus instintos rugissem feito uma onça acuada.

Sentou-se ao lado de Humberto, que não mereceu sequer uma olhadela. Isabel sentia que aquilo tudo estava acontecendo por culpa dele.

Pela janela, Isabel viu que a tarde dava boas-vindas ao anoitecer, tingindo o céu de tons quentes, um emaranhado de laranja, bordô, cor-de-rosa. Por um instante, ela desejou ter uma vida mansa como o firmamento no inverno, mas sua personalidade pendia para as tormentas do verão.

Seu pai a trouxe de volta para a realidade, pontuando já saber que Flor de Minas se tratava de uma criação de Isabel, o que muito o surpreendia, mas também o deixava apavorado.

Ela manteve o corpo ereto, as mãos levemente pousadas sobre o colo, além do olhar firme, enquanto ouvia o discurso de Eugênio. A aparência calma escondia a verdade. Por dentro, parecia que a alma se soltaria do corpo, abandonando-a à própria sorte.

— Usar trapos de menino vadio, sair desacompanhada nas horas mais perigosas, infiltrar-se em reuniões secretas, distribuir palavras de crítica contra gente poderosa...

Eugênio listava as ações de Isabel como um juiz em um tribunal, apontando os crimes imputados ao réu.

— Tu te expuseste ao perigo e não calculaste as consequências. Querias provar o quê, minha filha?

Era uma pergunta retórica. Ninguém realmente esperava uma resposta de Isabel. O silêncio era seu grande aliado naquela situação. Porém...

— Nada, absolutamente nada, porque não fiz o que fiz por mim. Não foi para alimentar meu orgulho, tampouco para massagear meu ego. Agi a fim de revelar minha revolta e, com isso, despertar a mesma indignação nas pessoas que não enxergavam a triste realidade que vivemos aqui. Esse era meu objetivo. Se fui leviana, inconsequente, imprudente, maluca? Sim. Reconheço que sim. Todavia, está feito. Flor de Minas não apenas existe, como incomoda, logo, minha missão foi bem-sucedida.

Por mais que tentassem, era difícil combater a articulação de Isabel. Ela não somente se expressava, como tinha argumentos que levavam as pessoas a refletir, além de deixar os menos eloquentes sem palavras. Esses esbravejaram:

— Nós devíamos ter sido mais vigilantes a teu respeito. Culpo-me por minha permissividade. Tu conseguiste acabar com meus nervos!

— Santinha, o objetivo de Isabel não era causar mal a nenhum de nós. Poupa teus nervos! — Eugênio foi incisivo, pela primeira vez, aparentemente. — Eu apenas me preocupo contigo, minha filha, com a tua vida. O que faríamos se tu terminasses morta? Como viveríamos sem ti?

A carapaça de couro de Isabel se desfez depois que o pai abriu o coração. Toda a pose se transformou em olhos lacrimejantes e mãos trêmulas. Humberto, notando a mudança de reação, apertou os dedos dela, que não fez menção de puxá-los.

— Portanto, Flor de Minas precisa desaparecer.

— O quê?! Papai...

— Para mim, tua vida vale mais que meus objetivos. Vila Rica já foi despertada pelas palavras de Flor de Minas. Agora, chegou o momento de ela pousar a pena e descansar.

Isabel chorava visivelmente, embora tentasse segurar o soluço, que considerava embaraçoso. Mesmo ciente de que um dia precisaria abandonar o pseudônimo, não estava preparada para aquele momento. *Não tão cedo.*

— Deixarão Vila Rica no fim desta semana. O melhor a fazer é afastardes daqui por uma temporada. Assim que os ânimos acalmarem e o governo esquecer de ti e do jornalista clandestino, podereis voltar calmamente. No momento, a fazenda é o lugar mais seguro a ambos.

Isabel estava boquiaberta. Primeiro encarou o pai, depois, seus olhos suplicantes miraram padre Guimarães. Em seguida, buscou o apoio — improvável — de dona Hipólita, quem sempre acreditou não ter ideia das coisas que aconteciam no solar. Por fim, encontrou os de Humberto, que pareciam tão espantados quanto os dela.

Ele apertou um pouco mais a mão da esposa, que retribuiu, enlaçando os dedos nos dele.

Capítulo 21

Neste mundo
Muito valor tem
Aquele que demonstra juízo
Que mantém a boca contida
Os olhos fechados
Os ouvidos alheios

Se virdes,
Ignorai
Se ouvirdes,
Não espalheis

O mundo é bom
O perigo são as pessoas

"Cuidado", por Flor de Minas

O instante de solidariedade recíproca passou quando Isabel viu baús contendo seus pertences sendo empilhados em uma carroça, na porta do sobrado da rua Direita. Ela adorava a vida no campo, apreciava o bucolismo, a imensidão do espaço, por onde podia caminhar tranquila e livremente, tendo como companhia apenas seus pensamentos.

Ir para a fazenda não a incomodava. Pelo contrário! Sentia-se revigorada sempre que passava uns dias por lá. Mas agora estava partindo sem data de retorno, como uma expatriada. O que a consolava era que o caguete do Humberto iria junto, "por motivos de segurança", conforme explicado por Eugênio.

Assim aprende a manter a língua guardada na boca.

Naquele começo de noite, quando a reunião no escritório do pai terminou, dona Hipólita exigiu que Isabel se confessasse com padre Guimarães. Ela estava certa de que a filha caçula só conseguiria viver com a consciência tranquila se se livrasse dos pecados. Sem contestar, a moça obedeceu à mãe, causa de surpresa geral. Esperavam que Isabel fizesse pelo menos um comentário ácido, devido a seu estado de ânimo.

Assim que ficou sozinha com o sacerdote, foi logo perguntando se ele acreditava que ela havia cometido algum pecado.

— Pelas leis de Deus, mentir é um erro grave, em especial aos pais, a quem devemos obediência. Tu não te lembras do mandamento que dizia para honrar pai e mãe?

— Eu não menti para ninguém, padre, de maneira alguma — protestou ela.

— Todavia omitiu um fato de extrema importância.

— Omissão também é pecado?

Padre Guimarães enrugou a testa, adivinhando a que conclusão Isabel chegaria. Ainda assim, deixou que ela expusesse suas reflexões:

— Segundo teus preciosos ensinamentos, omissão é pecado quando sinônimo de indiferentismo, isto é, quando deixamos de fazer o que é certo por comodismo. Disso ninguém pode me acusar. Jamais fui indiferente.

— Ah, Isabel, Isabel, és astuta feito uma raposa. Tu usas as palavras a teu favor sob qualquer circunstância, o que emudece a maioria das pessoas. É verdade, minha filha, o tipo de omissão que cometeste não é pecado, logo não precisas confessar coisa alguma.

Ela abriu um sorriso triunfal, que durou pouco, pois o padre não parou nos elogios.

— Não é pecado, mas foi uma forma de desrespeito a teus pais. Tu puseste em risco a vida da preciosa filha deles. Entraste e saíste desta casa em trajes de menino maltrapilho, submeteste-te a perigos indescritíveis. Eu mesmo, uma das pessoas que mais incentiva tua personalidade dada a modernismos, não pude conter o espanto ao ser colocado a par de tua ousadia. Pouquíssimos indivíduos têm a tua coragem. És, ao mesmo tempo, o sol e a tempestade.

— Sol? — Isabel se apegou àquilo que lhe soou como uma amabilidade em meio a tanta acidez.

— Pois és única, calorosa, fonte de luz. No entanto, a partir do instante que teu ser se converte em tempestade, torna-te perigosa.

— Perigosa?

— A ti mesma.

Dona Hipólita se sentiu menos aborrecida depois da "confissão" de Isabel. Seu ânimo melhorou consideravelmente, a ponto de se dispor a oferecer um jantar aos visitantes — padre, filha e genro. No entanto, em torno da mesa, somente ela sentiu-se disposta a falar. Todos os demais mantiveram um comportamento taciturno, respondendo quando questionados, com respostas curtas e pouco elaboradas.

Na hora das despedidas, com a lua bem alta no céu, dona Hipólita pegou Isabel pelo braço e deu à filha um ultimato:

— Esse teu caráter rebelde morreu hoje. Está enterrado a sete palmos da superfície. Não toleraremos nem mais um ato torto, sequer um mísero deslize teu. Comporta-te! Honra teu nome e tua família, caso tu não desejes terminar teus dias longe de todos que te são caros.

Horas depois, deitada na cama, Isabel repassava mentalmente as últimas palavras da mãe. Foi uma vida de muitas cobranças e de certos insultos, relevados porque ela entendia o jeito de dona Hipólita. Mas, dessa vez, sentiu que a ferida doeu de verdade.

A fazenda nunca pareceu tão distante de Vila Rica. O coche sacolejava pelas estradas cheias de pedras e buracos, provocando náusea em Isabel. Tinha a sensação de que estava ficando verde, da cor da folhagem da vegetação que passava voando pela janela do veículo. Apertou o estômago, desejando desaparecer dali.

— Tu não te sentes bem? — Quis saber Humberto, que vinha sendo ignorado por Isabel descaradamente.

Ela não respondeu. Não queria conversa com seu delator.

Estavam de frente um para o outro, a uma distância tão curta que, quando a sacudida era mais forte, seus joelhos se tocavam. Então, ela os encolhia, e ele achava graça da atitude dela. Não conseguia não achar Isabel fofa — de vez em quando.

— Ouvi dizer que tomar ar nos pulsos ajuda a aplacar o enjoo da viagem — comentou ele, determinado a provocar a esposa. Estava se divertindo.

Humberto percebeu que ela hesitou. Isabel até chegou a mexer sutilmente os braços, mas travou-os novamente ao lado do corpo quando notou o lapso.

Ela era engraçada, ainda que não tivesse noção desse traço de sua personalidade. Todos costumavam descrevê-la com os mesmos adjetivos: destemida, inconsequente, corajosa, letrada, curiosa, mas Humberto, aos poucos, encontrava novos termos para caracterizá-la.

— Acaso tu sabes que existe uma pequena pinta abaixo de teu lábio inferior?

Ele reconhecia que se arriscava insistindo em um diálogo que ela não estava disposta a manter, principalmente ao escolher um tema como aquele. Contudo, estavam à toa, cortando uma estrada cheia de percalços. Um pouco de emoção não faria mal algum.

— Eu tenho espelhos. Já me acostumei com a minha cara.

Humberto gargalhou com vontade. O som saiu alto e grave, de um jeito charmoso, porém o que mais irritou Isabel foi a tranquilidade dele, seu estado relaxado, completamente indiferente à irritação que a consumia.

— Cara não é um termo muito delicado, meu bem. Não convém a uma escritora.

— Combinemos isto: não me chamarás de *meu bem* nunca mais — exigiu ela. — E quanto ao que me convém ou não, não te preocupes. Compete somente a mim a escolha dos termos que julgo convenientes.

— Obviamente. Fiz apenas uma observação, afinal, eu também sou ligado às palavras. Aprecio muito o ato de elaborar um bom texto, *meu bem.*

Ele não respondeu à exigência de Isabel, que caiu direitinho na armadilha de Humberto. Estavam conversando, enfim!

— Teus textos não demandam o mínimo de criatividade. Tu és um informante, apenas.

— Ó! Tu feres meu orgulho, meu bem. A meu ver, eu informo a população da comarca com precisão e estilo.

— Estilo! Pois sim!

Isabel, dessa vez, não contestou o *meu bem*. Talvez não tenha percebido o uso. Talvez tenha fingido que não notou.

— E quanto a ti? Teu ofício é a poesia. Não caberia um pouco mais de dedicação para fazer de teus poemas textos mais preciosos?

— Tu crês que me ofendes, mas não. Preciosismo é o menos relevante ao propósito para que me propus.

Ela passou os punhos pela pequena janela do coche, deixando-os sentir o frescor do vento. Humberto não fez chacota disso, pois não mentira. O ar fresco aplacaria o enjoo sentido por Isabel, cuja face estava pálida feito vela.

Em respeito ao mal-estar dela, Humberto interrompeu as provocações, mas não parou de observá-la. Seu cabelo estava trançado e enrolado em espiral, formando um coque um pouco acima da nuca. Ele reparou que era uma fartura de cabelo, e se perguntou quanto tempo demorava para secar depois de lavado. Acabou rindo daquela curiosidade banal.

Antes de se casar com Isabel, jamais havia se sentido verdadeiramente atraído por uma mulher, não além da aparência. Humberto foi rápido em corrigir esse pensamento que entrou como um intruso em sua mente. *Não estou atraído por ela. Isabel é uma pessoa interessante, e esse tipo de caráter atrai curiosidade.*

Durante esse embate entre sentimento e razão, alguma coisa na estrada desestabilizou o coche de maneira violenta, que quase tombou. Primeiro o solavanco, na sequência um barulho de algo se quebrando e, então, um baque ainda pior que o anterior. Assim se sucederam as etapas do acidente.

Do lado de fora, o cocheiro saltou a tempo de seu posto, evitando uma tragédia. Dentro do veículo, Isabel e Humberto se chocaram e terminaram embolados um no outro, sentindo dores onde as pancadas foram mais sérias.

— Estás bem? — perguntou ele, desvencilhando-se dela para ver a resposta antes de ouvi-la.

— O que houve?

Um calombo crescia na testa de Isabel, que levou a mão ao local ao mesmo tempo que deixava escapar um gemido.

— Tu bateste a cabeça. Dói muito?

Ela negou, mas era óbvio que estava muito assustada.

O cocheiro também quis saber qual era o estado dos dois, ajudando-os a sair da cabine. Em seguida, explicou com detalhes o que desestabilizara as rodas do coche. Um buraco largo e profundo, disfarçado com água de chuva, tinha sido o causador do acidente.

— Por pouco não foi pior — disse o condutor, cujos braços ficaram esfolados ao desabar no chão da estrada. — O problema, sr. Humberto, é que uma das rodas está avariada.

Sentindo-se tonta, Isabel recebeu essa notícia enquanto deixava o corpo arriar sobre uma pedra, na qual se sentou para evitar cair. Os dois homens correram para socorrê-la.

— O que te aflige, Isabel? — Humberto teve medo de que algo mais grave tivesse acontecido com a esposa. Ele se agachou para que pudesse estudar a feição dela mais de perto.

— Eu estou um pouco zonza, devido à náusea que já sentia antes do incidente, creio eu. Ficarei bem logo.

Assim que se explicou, sua cabeça pareceu girar, tirando do eixo tudo que estava diante de Isabel. Ela tombou, mas foi prontamente amparada por Humberto.

— É bom dar água para a sinhazinha — aconselhou o cocheiro.

Humberto se lembrou de que havia um cantil dentro da cabine. Isabel bebeu aos poucos, aproveitando o frescor do líquido. Devagar, sentiu que seu organismo reagia.

— Senhor, me ajude a decidir o que é melhor para vosmecês — pediu o condutor. — Posso tentar consertar a roda ou ir buscar ajuda. Tem um povoado mato adentro. O senhor que sabe.

— Qual das duas alternativas é a mais rápida, Tião?

— Num sei não, senhor. O que sei é que todas duas vão levar tempo.

Humberto trocou olhares com Isabel, que deu de ombros. De qualquer maneira, teriam que esperar.

— Ajudar-te-ei a reparar o estrago da roda — decidiu ele, acreditando que quatro mãos reduziriam pela metade o tempo gasto com o serviço. Retirou o casaco e arregaçou as mangas da camisa, pronto para o trabalho.

Teria sido mais fácil se eles tivessem as ferramentas adequadas para o serviço, porém, além da carência de instrumentos, nem um nem outro eram ferreiros ou carpinteiros. Tentaram arduamente ter sucesso na tarefa, mas falharam em cada uma delas. Enquanto isso, o sol subia até o ponto mais alto do céu, indicando que o dia chegava à metade.

— Senhor, num vai ter jeito. Nós podemos até tentar mais, mas só se for para jogar energia fora e perder tempo. Vou sair atrás de auxílio. Vosmecê concorda?

— Sim, Tião, por favor. Pelo visto, este coche só voltará a rodar se reparado por especialistas, em uma oficina com todas as ferramentas necessárias.

— O senhor tá certo. Vou agora, então. Nós não tamos muito longe das terras do sr. Rodrigues. Alguma alma há de passar por aqui ou eu volto antes.

Nem bem Tião virou as costas, Isabel ficou de pé e espalmou as mãos no vestido, alisando-o e limpando-o. Não se sentia zonza mais, embora o calo na testa estivesse maior.

— Para onde tu vais? — Humberto quis saber.

Ela não controlou a risada, mesmo que a situação deles fosse tensa.

— Olha para ti. Estás imundo, senhor jornalista!

— Ora, ora, percebo que a senhorita já se encontra em seu estado normal, pois a língua de trapo está de volta. Tu tens a língua de um papagaio e um ovo de galinha posto na testa.

Ela tentou parecer ultrajada, mas falhou, traída pela gargalhada que não foi capaz de controlar.

— Ai!

O movimento fez o calo latejar de novo.

— O que foi? — Humberto voltou a demonstrar preocupação. Ele se aproximou para amparar Isabel e quase tocou no rosto dela. Interrompeu a ação no meio, porque se lembrou de quão sujo estava. A moça percebeu a intenção, porém nada comentou.

— Eu estou bem. O calombo às vezes incomoda, mas só. Bati a cabeça em algo rígido no momento do acidente, talvez no próprio banco onde eu estava sentada. Em breve, este ovo desaparece.

— Certamente. Acredito, entretanto, que o sol não há de te fazer bem. Está muito quente aqui. Vamos nos sentar sob a sombra de uma árvore?

Sem nenhum tipo de crítica ou implicância mútua, os dois caminharam lado a lado. Havia muitas árvores de copas largas, mas eles nem notaram que ignoravam uma a uma. Talvez andar sem destino tivesse efeito revigorante. Prosseguiram, ora trocando algumas palavras despretensiosas, ora em profundo silêncio. Então, foram presenteados com um lindo cenário: um riacho de águas transparentes escorrendo por pedras lisas, estas entre árvores de diversos tamanhos, todas frondosas.

— Eu adoro cheiro de água — confessou Isabel, envolvida pela atmosfera refrescante.

— Água não tem cheiro — implicou Humberto.

— Água no copo, água na jarra... Porém, me refiro à água na natureza, misturada com terra, no meio das pedras, escorrendo pelas folhas. Essa água tem o melhor odor entre todos os demais cheiros.

— Percebe-se que tu tens mesmo aptidão para fazer poesia — comentou ele. — Tua descrição sobre o aroma da água soou poética.

Isabel considerou o comentário contraditório, então zombou:

— Há poucas horas, tu me acusaste de não ter estilo, agora me elogias? Ser volúvel é uma qualidade contestável. Decide-te, meu caro!

O riacho estava tão convidativo que Isabel descalçou os sapatos, livrou-se das meias e mergulhou os pés na água cristalina, provocando uma sensação, além de refrescante, libertadora.

— Cuidado! — alertou Humberto, encantado com a expressão de felicidade de Isabel, algo raro em seu rosto quase sempre soturno. — Pode haver limo nas pedras.

— *Carpe diem*, caro jornalista!

— Como? — questionou ele, fingindo desconhecer o termo, porque estava gostando muito desse lado leve e festivo de Isabel.

— Tu nunca leste Horácio, o impressionante poeta romano? "Enquanto falamos, o tempo invejoso passa depressa. Aproveite o dia e deixe o mínimo possível para o amanhã."

— Conheço Horácio, obviamente.

— Pois então! Aqui estamos a falar, enquanto o tempo passa implacável. Estou, pois, a seguir o conselho de Horácio. *Carpe diem*!

— Molhar os pés na água corrente, acaso, é uma forma de aproveitar o dia?

A essa altura, Humberto também já tinha retirado as botas e meias, ansiando por fazer companhia a Isabel.

— Dadas as circunstâncias em que nos encontramos, qualquer refresco é um escapismo.

— De fato.

Estavam bem próximos um do outro. A barra do vestido de Isabel lambia a água, que umedecia o tecido aos poucos, de baixo para cima. Ela se agachou para molhar os dedos da mão e acabou jogando água no rosto também.

— Tu vais sair daqui de banho tomado.

— Se é que sairemos daqui hoje, meu caro.

Humberto se abaixou até ficar no nível dela. Deu para ver que os cílios brilhavam por conta dos respingos e que Isabel recobrara a cor, sumida ao longo da viagem.

— Por que nunca me chamas por meu nome?

Foi uma pergunta repentina, sem contexto, lançada de supetão.

— Tu não pronuncias meu nome. Posso estar enganado, mas acredito que eu jamais te ouvi dizer Humberto.

— Ora, que bobagem! Claro que te chamo pelo nome. Caso contrário, de que outra maneira seria? — desconversou ela, tornando-se mais corada.

— "Meu caro", "caro jornalista", "senhor jornalista"... Consigo me lembrar desses termos. E talvez haja outros, menos lisonjeiros, usados quando não estou por perto.

— Sendo assim, permitirei que tua imaginação trabalhe com afinco a desvendar tal mistério.

Usando o humor para disfarçar o embaraço, Isabel pensou que escaparia ilesa do cerco de Humberto. Eles estavam tão próximos, tão confortáveis, quase íntimos! Por acaso, ela já tinha se esquecido de que fora dedurada por ele?

Isabel, então, saiu do riacho e se sentou no chão para vestir as meias e calçar os sapatos. Chega de proximidade, de fingir que os dois eram seres despreocupados, vivendo a euforia do surgimento de uma fagulha de emoção. Ela estava a caminho do exílio, provocado por aquele homem charmoso que, a todo instante, a fazia se esquecer de quem era e do acordo que tinham.

— Minha imaginação, *meu bem*, tem trabalhado com mais afinco do que tu possas conceber, desde o instante em que entraste na minha vida.

Para encerrar de vez o momento constrangedor, Isabel manteve a boca fechada e Humberto mergulhou inteiro no riacho, com roupa e tudo.

Capítulo 22

Existem três letras na língua de Portugal
Das quais muito se orgulham os europeus
Não, não se trata de nenhuma vogal
São estas: o F, o R e o L!

Se tu falas outro idioma
Diferente do português
Ei, ouve este conselho, toma:
Cuidado para não seres chamado de ateu

Sem F, o povo não tem fé
Sem R, o povo não tem rei
Cá comigo, eu indago: Como é que é?
Sem L, o povo também não tem lei?

Quiçá seja o português o idioma mais rico do mundo...

"Tenho pena de quem não sabe o português", por Flor de Minas

A primeira ação de Isabel ao se instalar na fazenda — Fazenda Ouro Verde, assim batizada pela natureza exuberante do lugar — foi escolher um quarto onde, além de dormir e se arrumar, conseguisse escrever seus textos em paz. Flor de Minas se retirara prematuramente do palco, o que não significava que deixaria de atuar.

Vacas, cabritos e porcos não leem, tampouco se revoltam, a menos que lhes falte comida, o que não me impede de me expressar, nem que seja para um único leitor: eu mesma.

Com essa decisão tomada, resolveu que, a partir de então, não usaria folhas avulsas. Já que moraria afastada de Vila Rica por um período, não era necessário ser tão cautelosa ao escrever. Trocaria os papéis soltos por um diário. Assim, criaria uma coleção de sua própria autoria, a começar pelos poemas escritos no passado.

Tal ideia animou Isabel, que, idealista como era, logo imaginou um lindo livro editado, com capa dura e de couro, letras douradas formando um sugestivo título e seu pseudônimo logo embaixo. Ainda não sabia que nome dar à coletânea, mas não demoraria a chegar à frase perfeita.

— Humberto acusa-me de falta de talento, porém, ao menos, sou criativa — resmungou ela, enquanto organizava seus pertences no novo quarto. O *terceiro quarto em poucas semanas!*, pensou.

Agora, todas as vezes que Isabel se lembrava de Humberto, o pensamento desencadeava uma comichão no estômago e um frenesi na região do coração. Tinha lido livros demais ao longo da vida para saber nomear exatamente as sensações. Porém, como livros eram seres inanimados, não lhes devia satisfação. Portanto, podia pelo menos fingir não reconhecer o sentimento.

A verdade é que Isabel assegurava, para si mesma, que não tinha interesse em deixar fluir as emoções, embora a estivessem perturbando recentemente. *Uma hora isso passa.* Era o jeito como vinha lidando com o que ela chamava simploriamente de incômodo.

Humberto ficou com o quarto ao lado, sem nenhuma saleta servindo de comunicação, o que levou Isabel a dirigir a ele um olhar carregado de triunfo. Pouco tempo depois, ela se lembrou de que o exílio compulsório o impediria de exercer sua profissão de advogado. Então, o triunfo perdeu espaço para um pouco de pena. Além de desativar o jornal clandestino, nem atuar como homem da lei seria possível.

Peste de sujeito que me faz balançar feito pêndulo de carrilhão!

A mudança repentina para a fazenda não agradou nem um pouco dona Glória, mãe de Humberto. Desde o princípio, ela não fora uma entusiasta do casamento. Ao ser comunicada pelo filho de que estavam de partida, a mulher imediatamente culpou Isabel, mesmo sem ter conhecimento das razões que motivaram a decisão.

"Tuas irmãs e eu seremos deixadas à nossa própria sorte aqui, nesta vila perigosa, para que tu sigas essa mulher, sabe Deus por que motivo! Ela arruinará tua vida, Humberto. Disso eu estou certa!", teria dito dona Glória na véspera da partida.

Da varanda do quarto, ele avistou "a mulher que arruinaria a vida dele" descer a escadaria da entrada do casarão. Ela usava um vestido azul-claro, da cor do céu ao amanhecer. Inevitavelmente, a memória o levou até o riacho onde os dois haviam mergulhado os pés — ele, mais do que essa parte do corpo.

Caíra totalmente na água para refrear o impulso de se aproximar mais e mais de Isabel. Se isso acabasse acontecendo, teria que ser naturalmente, não com ambos titubeando o tempo todo. Humberto sentia que ela também andava reticente, ora demonstrando certo interesse, ora tratando-o como um porco que invadira a horta e devorara todas as verduras.

Isabel sumiu de seu campo de visão. Ele nem imaginava que rumo ela havia tomado, já que ainda não estava familiarizado com aquela imensidão de terra. Eugênio lhe havia dado algumas recomendações e pedido que o genro passasse a ser o responsável pela Fazenda Ouro Verde. Assim, ocuparia o tempo, conseguiria se manter ativo e tornar-se-ia alguém em quem Eugênio Rodrigues poderia confiar para além do movimento de independência.

E o rapaz tinha escolha?

Pela perspectiva de Humberto, Isabel era mais adequada a ocupar o posto do que ele. Que pena que nem mesmo o pai dela, um homem à frente do tempo, fosse capaz de dar a ela o valor que merecia!

Alguns dias depois da chegada do casal à fazenda, Humberto descobriu para onde Isabel ia todas as manhãs, bem cedo. Evitou fazer a pergunta diretamente, pois não queria dar motivos para discussão. E, mais do que isso, ela andava parecendo um passarinho, não parando pousada em lugar algum por mais que alguns minutos. Obviamente, Isabel o evitava.

A descoberta aconteceu aos moldes dela mesma. Imitando o estilo da esposa, Humberto a seguiu a uma distância segura, cuidando para não ser flagrado. Se alguma pessoa, por acaso, acompanhasse os dois de longe, acabaria pensando que talvez Isabel estivesse enganando o marido, e ele, buscando o flagra para comprovar suas desconfianças. O que ninguém sequer conjecturaria era que os segredos que os dois batalhavam para manter escondidos faziam parte de uma causa muito maior que todos.

Humberto avistou Isabel no meio de um terreiro, em frente a diversas casinhas pintadas de branco com vigas de madeira em tons de amarelo, azul ou verde, segundo o gosto de cada morador. Ela estava reunida com várias outras mulheres, todas sentadas em roda, atentas a uma delas, que parecia discursar. Havia crianças também, mas estas brincavam e corriam, alheias, aparentemente, ao assunto que retinha a atenção de tantas mulheres.

Ele não conseguiu ouvir palavra alguma de onde estava, apenas o burburinho das crianças. Portanto, preferiu desistir de tentar, senão acabaria descoberto, o que o envergonharia muito. Se, mais tarde, se sentisse corajoso, perguntaria para Isabel de que se tratava aquela reunião, mesmo sentindo, no íntimo, que lá estava ela envolvida em alguma causa, mais uma vez.

Luena entregou um copo de água a Isabel. Após a emocionante fala de Mãe Luiza, as duas se afastaram um pouco do grupo, parando para conversar na porta da casa de Luena. Uma criança pulou no colo dela e pediu-lhe um beijo na bochecha, antes de saltar de volta ao chão e correr para junto das demais.

— Nonô, meu menino — disse ela, toda orgulhosa.

— Teu filho! Que menino lindo! Não sabia que tu eras casada, Luena.

— Sou sim, senhora. Meu marido tá na roça. Ele lida com o gado, bois, vacas, a bezerrada. E é dos bom, viu! Trabalhador.

Luena transbordava de orgulho pela família. Por um instante, Isabel se imaginou no mesmo papel, mas tratou de espantar depressa o pensamento.

— Vi que sinhazinha chorou um cadinho enquanto escutava Mãe Luiza — comentou Luena, com gentileza. — Logo vosmecê acostuma com essa vida nossa. Veio pra ficar, num foi?

— Aparentemente, Luena, não há prazo definido para que retornemos a Vila Rica.

A moça enrugou a testa, mostrando a Isabel que estava curiosa.

— É uma história longa, comprida mesmo, minha cara amiga — disse Isabel. — Um dia contarei para ti ou, quem sabe, conte a todas ali naquela roda.

No caminho de volta para o casarão, ouvia a voz de Mãe Luiza, mas agora em forma de lembrança. Mesmo que aquelas pessoas vivessem em segurança nas terras do pai, quanto sofrimento já tinham enfrentado? E muitas daquelas mulheres ainda conviviam com a dor. Parecia que a vida sempre encontrava uma forma de mostrar a Isabel como sua existência, comparada com a de tantas outras, era privilegiada.

"A chuva bate na pele de um leopardo, mas não tira suas manchas."

Mãe Luiza era dada a provérbios, especialmente os africanos, terra de onde ela viera anos antes, padecendo em um navio dos traficantes de escravizados.

No Brasil colonial, poucas pessoas se importavam com os sofrimentos alheios. O desinteresse aumentava quando a dor era dos negros, dos indígenas e dos pobres. Esses, para muitos, nem considerados gente eram. Isabel aprendera a reconhecer o desdém tanto observando, quanto lendo vorazmente. Também foi atenta discípula de padre Guimarães, cujas colocações humanitárias transformaram a perspectiva de Isabel. No entanto, nenhuma fonte de saber consegue ser mais poderosa do que as vivências de quem está no centro dos acontecimentos.

Escutar a voz daquelas mulheres fez Isabel ter certeza disso.

Ela chegou em casa cabisbaixa, reflexiva. O almoço estava prestes a ser servido, e Humberto a esperava na saleta adjacente à sala de jantar.

O aroma da refeição se espalhava pelos cômodos, despertando apetites. Desde pequena, Isabel costumava dizer que a comida da fazenda era a mais gostosa do mundo. Apesar de tudo o que ouvira, sentiu o estômago reagir ao cheiro. Humberto ouviu o ruído e riu.

Sem ânimo para começar a puxar o cabo de guerra que existia entre os dois desde o casamento, ela se juntou ao marido na difícil tarefa de esperar o almoço ficar pronto. Sentou-se em um sofá debaixo da ampla janela com vista para o pasto. De lá, via o gado pastando, pontinhos pretos, brancos e marrons salpicando o mato verde. Seu lado de moça do campo, às vezes, vencia de lavada sua personalidade urbana.

— Tu tens estado ocupada pelas manhãs — comentou Humberto, cauteloso, como quem toma sopa quente. E o medo de queimar a ponta da língua?

— É um caso de necessidade — respondeu Isabel, sem parar de olhar as vacas e os bois no pasto. — Eu preciso me ocupar de alguma forma. Ainda me sinto muito inerte.

— Tu és um espírito inquieto.

— O marasmo causa-me desconforto. Não apenas meu corpo, mas minha mente necessita de ocupação. Sou agitada desde que nasci.

Humberto reparou que Isabel, apesar de manter a conversa viva, estava com o pensamento distante, perdido em algum lugar longe dali.

— Tuas saídas ao alvorecer evitam tal marasmo? — continuou ele, mergulhando um pouco mais a colher.

— Ah, pergunta logo o que tu queres saber!

Isabel deixou de contemplar o gado e encarou Humberto; braços cruzados e olhar astuto.

— Tu não percebeste que tentei ser cuidadoso com as palavras?

— Com que objetivo, meu Deus? — Ela riu. — No fim, tu chegarias à questão primordial de qualquer maneira. Diga logo.

Com timidez, ele fez o que Isabel pediu:

— Aonde as horas mais frescas das manhãs andam a levar-te?

— Vou à vila dos colonos conversar com as mulheres antes de suas lidas diárias.

Disso Humberto sabia, mas não deveria admitir por razões óbvias.

— Por quê?

Não havia motivos que impedissem Isabel de contar tudo. E mais, ela estava meio engasgada. Talvez ajudasse desabafar com Humberto. Já havia ficado evidente que ele era um bom ouvinte.

— Elas têm um cargo na vila, uma função política, por assim dizer. Deliberam diariamente sobre diversos temas pertinentes ao povoado, coisas que necessitam ser ajustadas, resolvidas, tomam decisões importantes, enfim, tudo passa pelo crivo delas, segundo uma hierarquia determinada pela idade. A palavra das mais velhas tem mais força do que a das jovens. Trata-se de um arranjo muito interessante, mais ainda porque são todas mulheres. Lá, os homens também participam das decisões, mas não nesse grupo.

Humberto não opinou para não interromper o ritmo da explicação de Isabel, que continuou:

— Apareci de repente, sem a intenção de me envolver. As vivências delas são muito diferentes das minhas, bem como suas demandas. O embaraço tomou conta de mim. Porém, quando fiz menção de voltar ao meu caminho, insistiram que eu ficasse. Eu já havia ido lá uma vez, o que despertou a ira de mamãe. Recordas?

A cena de dona Hipólita invadindo a reunião dos conjurados, exigindo que Eugênio Rodrigues desse um jeito em Isabel, foi lembrada por Humberto prontamente. Ele não resistiu a fazer um comentário relacionado a isso:

— Creio eu que tua visita à vila dos colonos desencadeou as ações que levaram ao nosso casamento, certo?

— É verdade! Mamãe já me pressionava, mas esse acontecimento considerado "de extrema rebeldia" causou todo aquele alvoroço, cujas consequências tu conheces bem.

— Decerto. Bem, tu acordas com as galinhas todos os dias, com o intuito de participar das reuniões das mulheres da vila. Imagino quão interessantes sejam tais encontros.

Isabel suspirou, encarando o teto, todo decorado com pinturas de um talentoso artista. Não se sabe ao certo, mas há quem diga que foi Antônio Francisco Lisboa, conhecido na comarca como Aleijadinho, o autor do belíssimo trabalho.

— Interessantes e comumente dolorosas. Aquelas mulheres, Humberto, têm o sofrimento talhado na alma.

Ele se emocionou ao ouvir Isabel proferir seu nome. Teria se vangloriado, caso o clima fosse propício.

— São todas libertas, não? Todos os trabalhadores do senhor teu pai têm alforria ou já nasceram livres, assim soube.

— Sim, mas o papel não apaga as feridas de antes nem as dores ancestrais. Há poucos dias, bati a cabeça, formou um galo, doeu, mas sarou. Está esquecido. Esse tipo de dor, que não atinge a alma, que não afeta nossa dignidade, nossa humanidade, não marca. Passa. Já a dor da alma é diferente...

Ambos estavam pensativos. Humberto também era sensível às mazelas humanas, embora desconfiasse de que tinha muito que aprender ainda.

— Tu queres ouvir a história que eu escutei hoje?

Só pelos olhos curiosos dele, cheios de brilho e ansiedade, Isabel entendeu que a resposta era sim.

— Mãe Luiza é uma anciã muito respeitada. Ela é mãe de santo, sabes? Segundo a religião dela, é sacerdotisa, autorizada pelos deuses religiosos. *Iyalorixá*, conforme ela me explicou. Ela foi arrancada de sua terra na África e trazida num tumbeiro fedido, que exalava a morte devido a tudo de ruim que acontecia lá dentro.

— Os horrores de um tumbeiro só não são conhecidos por aqueles que preferem ignorá-los.

— Aqui ela chegou, ainda moça, e foi vendida numa feira por um quilo de ouro. Seu proprietário era um homem violento, que castigava com crueldade. Suas costas são marcadas pela força dos açoites. Bem, essa história é parecida com a de muitos outros homens e mulheres cujas vidas foram roubadas para satisfazer a ganância de quem detém o poder. O mais triste de tudo, penso eu, é que, quando capturada na Costa da Mina, deixaram o filhinho de Mãe Luiza para trás, uma pobre alma de poucos anos de vida, que ainda bebia o leite da mãe. Nunca mais ela soube dele, se sobreviveu ou não.

Depois desse relato, Isabel ficou muito abalada. Em casa, mesmo tendo uma mãe dada a exageros, ela e os irmãos foram criados com zelo. Dona Hipólita não era do tipo que demonstrava carinho, mas sempre esteve lá, por eles.

— A história de Mãe Luiza não é a única, Humberto. A maioria daquelas mulheres têm vidas semelhantes. Muitas também tiveram os filhos perdidos, outras são as próprias filhas separadas das mães. Que mundo é este, meu Deus?

Isabel parou de falar depois da indagação, porque um soluço subiu por sua garganta. Quando percebeu, estava chorando. E o choro abriu caminho para um abraço inesperado que ela recebeu de Humberto, em cujos braços ela se permitiu ser embalada, aproveitando o conforto que ele — e só ele — tinha a lhe oferecer.

Capítulo 23

Uma noite sem luar parece triste
Um dia sem o sol torna-se lúgubre
Para muitos a escuridão é fúnebre
Para outros, o melhor abrigo que existe

"Ponto de vista", por Flor de Minas

Jamais um abraço havia durado tanto, pelo menos nas experiências de Isabel, que recebia tal aconchego somente das irmãs, às vezes do pai, e de Luiz, antes de sua partida para Portugal. No entanto, ninguém prolongava o gesto, pois chagava a ser incômodo se demorado além do necessário.

Acontece que os braços de Humberto circulavam o corpo dela na medida certa, sem oprimir ou ficarem frouxos demais. E a cabeça de Isabel encontrou, no contorno do pescoço dele, o encaixe ideal. Ela já nem estava mais chorando, mas o conforto do amparo insistia que permanecesse só mais um pouquinho ali.

O coração palpitante segredava a Isabel que a atmosfera da sala havia mudado. Até então, prevaleciam sentimentos de aspecto social, mas agora ela se sentia consumida por um estado emocional bem particular, coisa dela e de mais ninguém — talvez de Humberto também.

Sendo assim, dúvidas apareceram para fazê-la titubear. *E se eu estiver a entender tudo equivocadamente? Gostar de uma pessoa não deveria trazer paz de espírito? Que espécie de calor é este que me queima por dentro?*

Claro que tanta indagação terminaria em receio. Subitamente preocupada, Isabel tentou se soltar dos braços de Humberto, concluindo que já tinha sido consolada o bastante. Só não sabia como o encararia depois de ter molhado sua camisa com as lágrimas e se demorado tanto dentro do abraço.

Ele resolveu a questão por ela, puxando-a ainda mais para si. Por pouco, Isabel não acabou sentada no colo dele. Ainda bem que não estavam se olhando, pois o rosto da mulher se pintou de um profundo tom de vermelho.

— Tu usas algum perfume? — perguntou Humberto, de repente, soprando as palavras entre os fios de cabelo que se desprendiam da trança.

— O quê?

Pega desprevenida, Isabel se moveu, tomando a distância necessária para olhar no rosto de Humberto. Ele estava rindo, mas não com deboche ou algo do tipo. Era um riso meio embevecido, coisa de gente encantada.

— Agora entendo por que escolheste o nome Flor de Minas para mascarar tua identidade.

Humberto causava tanta reviravolta no contexto quando estavam juntos, que vivia confundindo Isabel.

— Tu tens cheiro de flores.

Então, ela pôde compreender a relação entre as falas.

— Devido ao perfume francês que ganhei de Luiz.

— Tu borrifas esse perfume todos os dias?

Na verdade, não, apenas de uns tempos para cá. A frase quase se soltou da boca de Isabel, que a conteve antes de passar vergonha.

— Com frequência — foi o que disse.

Os joelhos de ambos se resvalavam, mas nenhum tomou a atitude de se afastar. Estavam se experimentando, participando de um duelo lento: qual dos dois seria o primeiro a esmorecer?

— Mesmo quando te transformavas em menino vadio, tu te perfumavas?

Agora, junto com a pergunta, Humberto acariciou com o dedo indicador o dorso de uma das mãos de Isabel. Ela só não fechou os olhos em resposta à ação porque se sentia muito tímida.

— Tu és louco? Claro que não usava perfume algum!

Frases curtas e objetivas para não se complicar.

— Louco? — repetiu ele, tão perto dela que um respirava o ar do outro. — Creio que sim.

Resolvido a aumentar o nível do risco, Humberto contornou o pescoço de Isabel com as mãos. Dessa vez, os olhos dela não a obedeceram; as pálpebras desceram por vontade própria.

— Estás com medo? — questionou.

— Não — sussurrou ela.

— Nervosa?

— Um pouco.

Ele assentiu.

— Por quê?

Isabel abriu os olhos. Não parecia uma mulher acanhada. Relativamente receosa, talvez, mas certa do que queria. Foi isso que Humberto entendeu através do olhar.

— Porque estar nesta situação não fazia parte do nosso acordo.

Ele deu um sorriso de lado, só com um dos cantos da boca.

— Alguns acordos já nascem desfeitos, meu bem.

— Juras? Ah, se eu soubesse disso antes...

Os polegares de Humberto desenhavam círculos nas bochechas de Isabel, que ficava mais e mais corada. Estava certa de que acabaria derretida a qualquer momento.

— Se soubesses, isso teria mudado tua decisão?

— Não — respondeu ela sem hesitar.

O sorriso dele se ampliou.

— Por que tu me escolheste?

— Ora, acaso não sabes? Fui muito objetiva ao revelar minha estratégia.

— Entendo. Eu era a saída mais fácil.

— Além de bonito.

Isabel piscou para Humberto, percebendo que ficava mais confiante à medida que a conversa avançava. Ele gargalhou, meio arrogante, meio tímido. A toda hora se surpreendia com ela.

— Gosto de ti — admitiu ele, sem mais demora.

— De que tu gostas mais? Minha sagacidade? Minha coragem?

— De tua boca.

Com o coração saltando batidas, Isabel o provocou:

— Porque dela saem coisas absurdas?

— Porque desejo loucamente beijar-te.

Nada mais foi dito — nem foi necessário. Estavam entendidos, ambos cientes do que queriam e de quais seriam as consequências desse querer. Devagar, Humberto tocou os lábios de Isabel com os dele, sem pressão por enquanto. Sentiu a textura, estudou o formato, conheceu. A respiração dela estava forte. Os dois enfrentavam dificuldade para respirar.

Ele a puxou até que estivesse perfeitamente posicionada em seu colo e pudesse apertá-la mais em seus braços. Então, aprofundou o beijo, fazendo o ar represado se transformar em gemidos incontidos, instigando as mãos de Isabel a subirem até o rosto de Humberto e os dedos acariciarem a pele sob a barba escura. Estavam muito à vontade na ação de se conhecerem fisicamente.

Por um breve momento, ele deixou os lábios carentes de Isabel, para, então, sentir o gosto do pescoço dela, onde acabara de encontrar uma correntinha de ouro. Era tão fina que nunca a tinha visto. Descobriu a joia de outro jeito, afinal.

Isabel percebia que as mãos e a boca de Humberto ficavam mais exigentes, mas não estava minimamente disposta a refreá-lo. Pelo contrário, respondia com o mesmo ímpeto. Todo estímulo ainda era pouco. Desejosa, queria até mais.

Outra vez, os lábios se uniram e, então, pela primeira vez, Isabel sentiu a língua de Humberto tocar a sua. Mais tarde, descreveria a sensação como divina, mágica, ou de alguma maneira mais poética, quem sabe.

Visto que ela recebia tudo de bom grado e retribuía, com entusiasmo, o calor que chamuscava, Humberto desceu as mãos até tocar os tornozelos de Isabel, envoltos por um par de meias grossas, do qual ele adoraria se livrar. Não o fez, entretanto. Em vez disso, manteve as mãos sob a saia, provocando-a com movimentos de subida e descida.

— Humberto, eu...

— Devo parar, meu bem?

Falaram sem descolar os lábios um do outro.

— Não...

Rindo maliciosamente, ele trocou de posição com Isabel. Esqueceram que estavam na sala, que o sol brilhava lá fora, que o feijão fervia no fogo, que o mundo não acabaria naquela tarde.

Mas pararam, porque...

— O almoço está na mesa, sinhoz...

Se foi a voz interrompida da empregada ou o som estridente da porta batendo, nenhum deles tinha certeza, só que um dos dois acontecimentos havia sido a causa do ponto-final da cena idílica que alimentaria a imaginação de Isabel e Humberto pelo restante do dia.

A mesa era longa; a sala de jantar, ampla. Mas, para o casal que dividia a refeição, o espaço parecia muito apertado.

Repentinamente famintos — motivos não faltavam —, pouco falaram, atentos à missão de comer o farto almoço, matar a fome e disfarçar a timidez. Depois do flagra, tanto Isabel quanto Humberto pareciam crianças surpreendidas fazendo arte.

Ele notou que o rosto e o pescoço dela continuavam um pouco ruborizados, talvez por culpa da pressão de seus lábios na pele sensível de Isabel. Acabou rindo da própria análise.

— O que é engraçado? — Quis saber ela, ansiosa para desanuviar o clima.

— Nós dois, não concordas?

Isabel olhou para o próprio prato e usou o garfo para brincar com os pedaços de mandioca frita.

— Ah, sim, agora estás tímida?

Humberto atirou uma fatia de pão nela, que fingiu irritação.

— É pecado desperdiçar comida, senhor jornalista!

— Voltaste a me chamar assim? No calor de nossos momentos, tu falaste Humberto — observou ele, cada vez mais malicioso. — Teus lábios transformam meu nome numa palavra sensual. Diz outra vez, por favor.

— Senhor jornalista.

Ela atirou de volta a fatia de pão, que caiu sobre o molho da carne, espirrando gotas na camisa de Humberto.

— Ó, perdoa-me! Que atrapalhada eu sou!

Isabel se levantou e foi ajudá-lo a se limpar. Esfregou o guardanapo de tecido na blusa dele, na altura do peito, enquanto repetia que a culpa era dele mesmo, a pessoa que começara aquela brincadeira boba.

Humberto nem ligava para a camisa. Até agradecia o incidente, porque, assim, pôde voltar a sentir as mãos de Isabel sobre ele. Ágil, agarrou os dois punhos dela em uma só pegada, forçando-a a se sentar em seu colo.

— Humberto, não aqui!

Difícil era acreditar que o protesto dela fosse verdadeiro.

— Lá em cima?

Ele mordiscou os dedos da esposa, mal acreditando na transformação que ocorria entre eles. Já podia admitir que eram um casal de verdade?

— Lá em cima? — repetiu Isabel, confusa. — O que tu queres dizer?

— Estou a dizer, *meu bem*, que lá em cima ficam nossos quartos. Neles, ou melhor, em um deles, poderemos prosseguir de onde paramos, sem que ninguém surja para nos interromper novamente.

— Ó!

— Não?

— Bem, depende...

A resposta deixou Humberto alerta. Para um sim ou um não, ele estava preparado. O que Isabel tramava agora?

— Depende de quê? Acaso te arrependes do passo que demos?

Esquecida de que a casa estava cheia de empregados, ela depositou um beijo na testa de Humberto, sem perceber que acariciava a barba dele. Virara uma mania? Ele esperava que sim.

— Não me arrependi, de maneira alguma.

— Então?

— Depende de qual quarto escolherás. Caso seja o meu, aviso de antemão: não mexas nos meus escritos! Flor de Minas foi calada por tua culpa. De mais a mais, não a consideras talentosa.

Ele esperava outras respostas, exceto essa. Será que um dia Isabel deixaria de surpreendê-lo?

— Escolho o teu, porque conserva teu cheiro. Aliás, bem que poderia virar nosso, não?

Humberto se levantou, mantendo Isabel nos braços. Ela protestou, exigindo que fosse colocada no chão, mas ele nem ligou. Desejava apenas ser rápido o suficiente para atravessar aquele casarão e chegar logo ao quarto de Isabel, ao qual havia sido convidado a entrar pela primeira vez — e de onde esperava nunca mais sair.

Capítulo 24

Naquele jardim singelo
Vivia uma linda flor
Não era a mais rica, nem a mais bela
Apenas um pontinho de cor

Não se abalava por nada
Nem por tempestades ou vento
A linda flor ali parada
Resistindo às ações do tempo

Mas ela padeceu...
Felicidade pura incomoda
Gera inveja, assola
Assim a linda flor se foi, morreu

"Fim", por Flor de Minas

Concentrada diante da escrivaninha, Isabel relia a mais recente carta enviada por Luiz. Estava fazendo conta. Tomando como princípio a data de postagem, seu irmão não tardaria a aportar no Brasil. Ela se perguntou em qual altura do Atlântico estaria o navio que o trazia de volta.

Ansiava por encontrá-lo novamente.

Quantos dias levariam até que anos de distanciamento fossem revividos por meio de suas conversas? Mas um detalhe preocupava Isabel: Luiz haveria de querer passar essa temporada em Vila Rica, não enfurnado em uma fazenda distante. Era urbano demais para se dar bem com os ares do campo.

Ela, por outro lado, sentia-se bem adaptada, mesmo que a saudade da família e do burburinho da cidade crescesse na mesma proporção. Para isso, não havia remédio, de todo modo. Desde a mudança deles para a Fazenda Ouro Verde, não tinham feito nenhuma visita a Vila Rica, nem aos pais. Isabel mal podia esperar por esse momento. *Quando Luiz chegar, assim espero.*

Uma caixinha de música, presente antigo de sua saudosa avó Antônia, tocava uma canção alegre, enquanto uma bailarina girava sobre uma plataforma de madeira. O toque não demorava a acabar, então Isabel voltava a dar corda, e de novo, e outra vez.

Nem notou o automatismo do gesto, só repetia.

Deixou a carta de lado e foi até a varanda do quarto, onde havia uma cadeira de balanço. Gostava muito dela, mas evitava se balançar vigorosamente, porque acabava enjoada. Tudo o que se movimentava demais lhe causava tontura, como o coche que tomaram em Vila Rica rumo à fazenda.

Essa recordação despertou outra memória de Isabel, uma bem mais recente e, para ela, um tanto embaraçosa. Passara parte da vida insistindo que só se casaria se fosse por amor. Mais tarde, concluiu que não era simples assim. Amor não nascia em árvore, não caía do céu. Não se tropeçava no amor no meio da rua. Com seu olhar astuto a observar a vida, percebeu que o amor era tão raro, tão difícil, que poucas pessoas conseguiam verdadeiramente conhecê-lo. Sem amor, não se casaria. Mas, sendo ele um sentimento assim custoso, entendeu que viveria bem e feliz, fazendo companhia para si mesma por todo o sempre.

Bem, desejo dela, porque a mãe tinha outros planos, e as consequências das vontades de dona Hipólita todos conheciam. Casada agora estava, um arranjo satisfatório, visto que a segunda opção era inimaginável. Matrimônio que foi de encontro aos princípios de Isabel: sem amor, por pressão, por necessidade.

Não demorou muito para que os ventos passassem a soprar em outra direção. Primeiro, ela descobriu que era um tanto suscetível ao charme de Humberto. Nem em sonhos — ou pesadelos — imaginou que se submeteria a tamanha futilidade: apreciar a beleza masculina. A sagacidade dele foi o segundo atrativo — sim, tudo começou com a aparência, embora não fosse admitir isso sob hipótese alguma. Depois, notou seu bom humor; então, dia após dia, via-se seduzida pela convivência com Humberto.

Tudo evoluiu muito rápido, a ponto de Isabel não se dar conta da intensidade do envolvimento. Essa constatação a fez sorrir, enquanto admirava as montanhas que limitavam as terras do pai, lá longe no horizonte. Contudo, ainda não sabia o que era o amor. Gostava de Humberto, muito. Porém, precisava investigar um pouco mais a fundo seus sentimentos antes de denominá-los.

Se para dar nome às emoções Isabel andava cautelosa, experimentá-las não estava lhe causando nenhum melindre. De carícias a beijos, ela apreciava cada instante envolvida pelos braços de Humberto.

As lembranças dos últimos dias deram cor ao seu rosto, que vivia corado recentemente, dando a impressão de que Isabel esbanjava saúde. Se a mente não estivesse concentrada em questões produtivas, como participar das reuniões das mulheres da vila dos colonos, escrever seus poemas críticos, cuidar das flores que passara a cultivar para enfeitar a frente da sede da fazenda, revivia ininterruptamente os momentos passados com Humberto. Em pessoa ou na memória, eram sempre muito intensos e estimulantes.

Aliás, onde estaria ele? Olhou para trás, procurando-o no quarto, consciente de que não o encontraria lá. Sentia sua falta, ainda que tivessem dito adeus um ao outro poucas horas antes. Arranjos haviam sido feitos, e ele passara a dividir o quarto com

Isabel. Não, dividir soa como apartar. Eles, agora, compartilhavam o mesmo espaço, física e sentimentalmente, conforme desejo de Humberto, acatado porque ela também quis isso.

Vez ou outra, quando Isabel se deixava levar pela introspecção, ela questionava se havia se perdido da causa pela qual se arriscara tanto. Por onde andava Flor de Minas? Tratava-se de uma indagação retórica, pois objetivamente seu alter ego estava confinado em uma das gavetas da escrivaninha de Isabel. Por onde andava Flor de Minas, não o pseudônimo, mas, sim, a alma atormentada dela, que a impelia a agir contra tudo o que julgava errado?

Temia tê-la perdido para sempre.

Não comentava com Humberto essa angústia. Guardava para si, porque não queria preocupá-lo. Entre eles, tudo ia tão bem que preferia manter as inquietações com ela mesma. Acreditava que acabaria chegando a uma resposta e, caso a considerasse insatisfatória, conhecia a si mesma o suficiente para reverter a situação.

Flor de Minas descansa. Fez o que pôde para alertar o povo dos abusos da Coroa, dos desmandos do governo da capitania e de tantas atrocidades praticadas por homens com poder. Mas ela volta um dia. Eu sei que sim.

Humberto retornava de uma inspeção na nascente do riacho que cortava a fazenda. Cedo, avisaram-no de que a água estava descendo suja de barro. Ele e três capatazes cavalgaram até o local, constatando que o gado havia pisoteado o ponto exato onde a água nascia. Depois de fazerem uma limpeza, cercaram o lugar, evitando, assim, que o incidente voltasse a acontecer. Uma nascente tão preciosa tinha de ser cuidada tão bem quanto uma joia rara.

Suas botas e calças estavam puro barro, difícil afirmar qual era a cor original delas. Da camisa, só salvava a parte de cima, pois até as mangas estavam enlameadas. Jamais imaginara um dia se ver naquela condição. Considerava-se um intelectual, gostava de se vestir bem, era um sujeito garboso, como dizia dona Glória. Mas, naquele estado, faria uma perfeita combinação com os porcos da fazenda.

Quando seu cavalo passou pela porteira, Humberto avistou Isabel na varanda do quarto — do quarto deles, como fazia questão de ressaltar. Ficou curioso para saber o que ela havia feito de bom enquanto esteve fora. Tudo nela era interessante do seu ponto de vista.

Muito tempo atrás, assim que notara a presença sorrateira de Isabel espiando as reuniões dos conjurados, fez mau juízo dela. A má impressão continuou, principalmente depois da inesperada proposta de casamento. Como ele esteve enganado!

Enquanto se lavava no pátio, atrás do casarão, só pensava em ficar limpo o suficiente para voltar para Isabel o mais rápido possível. Mas foi ela quem foi ao seu encontro, pois também o vira de longe. Ficou horrorizada com a sujeira de Humberto.

— Por onde andaste? Acaso escorregaste na lama? — perguntou ela, tomando certa distância a fim de que os respingos não a atingissem. — Apenas água não há de limpar-te. Precisarás de sabão também.

Ele contou o ocorrido com a nascente e como tinha sido árdua a limpeza.

— Quem diria que o impecável jornalista, todo pomposo, também se sujava! — zombou Isabel. — Tu combinas com a terra, sabes? Os ares da fazenda te caem bem.

Humberto a encarou com desconfiança, cismado de que os elogios não eram a sério. Ela não negou nem admitiu, apenas pediu que a seguisse, porque lhe prepararia um banho de verdade.

Essas atitudes gentis e espontâneas eram um traço tão inesperado da personalidade de Isabel que comoviam Humberto. Quantas nuances distintas se despontavam à medida que o laço que os unia se estreitava! Ele também sabia que ela descobria nele, pouco a pouco, uma pessoa bem diferente daquela que conhecera no passado.

No andar de cima do casarão, havia um cômodo usado como casa de banho. Nele, uma tina de madeira era feita de banheira. Por mais trabalhoso que fosse o ato de tomar banho em condições tão rudimentares, o prazer da limpeza diária, feita com água e sabão, compensava qualquer dificuldade.

Demorou pouco mais de meia hora até que tudo estivesse pronto, pois foi preciso esquentar água no fogão e misturar com a fria, até que a temperatura estivesse agradável. Só então Humberto entrou na banheira, largando as roupas enlameadas no chão.

Isabel virou-se de costas enquanto ele se despia. Ainda era muito embaraçoso lidar com essa parte do casamento recentemente consumado.

— Tu estás tímida agora? — implicou, mas mergulhou todo o corpo na água para reduzir o constrangimento dela, que não respondeu à provocação.

Em vez disso, Isabel entregou a bucha e o sabão nas mãos do marido, sem mirar seu rosto uma única vez.

— Buscarei roupas limpas para ti. Voltarei logo.

— Por favor, fica. Vamos prosear. Senti tua falta a manhã inteira — disse ele.

— Mentiroso — contestou Isabel, com o coração batendo alegremente. — A não ser que eu te lembre de uma vaca, tu não tiveste tempo de pensar em mim.

— Uma vaca? — Ele riu com gosto. — Por quê?

— Pois não foram elas que arruinaram a nascente?

— Tu tens cada ideia, Isabel...

Sem que Humberto pedisse, ela puxou uma banqueta e se sentou atrás dele, tomando-lhe a bucha para esfregar as costas do marido. Foi um gesto gentil, sem outras intenções, a não ser ajudá-lo.

— Faz dias que não chegam novas de Vila Rica — comentou ela, atenta à função de levar a esponja para cima e para baixo. — Como estarão as coisas por lá? Tantas decisões foram tomadas no último encontro que presenciei...

— Espionaste — Humberto não perdeu a oportunidade de ressaltar.

— Que seja! Tu confias que a sedição será bem-sucedida?

Ele não respondeu imediatamente. Existiam duas respostas àquele questionamento. E não eram simples. O sim estava mais atrelado às suas expectativas e às dos demais conjurados do que a uma certeza. O não fazia mais sentido, mas ele preferia cultivar um pouco de otimismo.

— Caso não acreditássemos que sim, qual a razão de prosseguir com a causa? Seria muito mais prudente cada um de nós viver a própria vida e aceitar o que nos é imposto, ainda que injustamente. Portanto, creio que há esperanças.

Isabel assentiu, pensativa. Lavar as costas de Humberto de repente se tornara um ato mecânico. A mente vagava por outras direções.

— Tu confias no caráter de todos aqueles homens?

Essa era uma pergunta mais fácil de ser respondida.

— Sinceramente, não. Somos um grupo, certo? Porém, o que move cada um de nós são razões bastante particulares. Tu queres saber minha honesta opinião sobre alguns membros?

Claro que Isabel queria. Seu silêncio disse por si só: estava atenta.

— Joaquim, o Tiradentes, é um dos mais entusiasmados. Ele move o mundo em prol da causa, embora seja um alferes. Nele, eu acredito, no seu idealismo. Teu pai é um humanitário. Os impostos o afetam com rigor, devido à riqueza que possui.

Todavia, o sr. Eugênio tem coração mole. Deseja o bem mais para o outro do que para si mesmo. Obviamente, é um homem de valor, em quem sempre confiei.

Humberto se mexeu na banheira. A água começava a esfriar, mas ele nem notou. Mudou de posição a fim de olhar para Isabel, que não pôde mais esfregar suas costas.

— Há outros senhores que me fazem titubear — admitiu. — Estão sempre a defender o próprio lado e vivem a indagar o que ganharão com aquilo.

— Os poetas?

Isabel realmente admirava o trio: Tomás, Cláudio e Alvarenga.

— Não creio. Entretanto, no meio de pessoas tão diferentes de origens, classes sociais e razões distintas, é necessário que nos mantenhamos alerta. Tudo é possível, Isabel, até mesmo uma traição.

Ela imaginava isso. Das gretas em que se enfiava, via e ouvia de tudo. Alguns daqueles homens não inspiravam nem um pingo de confiança.

— Tu te preocupas? — perguntou Humberto, tomando as mãos dela nas suas.

— Temo que, no fim, tudo tenha sido em vão. E receio por papai e por ti. Se surgir um delator, e ele decidir entregar o movimento, haverá punições severas.

Humberto concordava. O fracasso da sedição seria também a desgraça de todos. Só não expôs a opinião para evitar que Isabel se atormentasse mais.

— Podemos ir a Vila Rica, se isso te fizer bem — sugeriu, saindo da banheira sem avisar.

Ela apertou os olhos, tímida demais para não se incomodar com a nudez do marido. Ele riu, mas se cobriu logo, enrolando a parte de baixo do corpo em uma toalha de linho.

— Tu gostarias?

— De quê? — Por um momento, ela perdeu a linha de raciocínio.

— De passar uns dias em Vila Rica.

— Ah, claro! Eu adoraria.

Humberto se curvou e deu um suave beijo nos lábios de Isabel.

— Obrigado pelo banho, meu bem. Iremos à cidade o quanto antes. Estou certo de que gostarás de reencontrar tua família.

Da parte dela, sim. Rever os pais e Maria Efigênia era o que Isabel mais queria. Quanto à recíproca, bem, ela não poderia garantir, não depois de Flor de Minas ter sido exposta. Dona Hipólita não era de memória curta nem do dom da compreensão.

— Não te preocupes. Estarei lá contigo, a segurar tuas mãos.

Capítulo 25

Anjo,
Se eu dormir,
Não permitas que eu cerre meus olhos
Ou, se o fizer, zela por mim
Não que eu mereça mais que os outros
São muitos os perigos que estão por vir

"Não durmas", por Flor de Minas

A maior felicidade de Isabel ao chegar a Vila Rica foi encontrar uma carta de Carlota sobre a mesinha de seu quarto no sobrado da rua Direita. Na ausência do casal, Bernarda e os demais empregados mantiveram tudo em ordem, como se os principais habitantes da casa ainda vivessem lá. A correspondência estava onde sempre ficavam todas, à espera de ser lida pela letrada patroa.

Mais tarde, Isabel e Humberto iriam ao solar da rua São José para um jantar com as famílias de ambos. Antes disso, ela só queria se recuperar da náusea causada pela viagem, ficar livre da poeira da estrada e ler a carta da irmã mais velha.

Querida Isabel,

Meu desejo é que esta carta te encontre bem, saudável e feliz. No dia de nossa despedida, parti com o coração apertado, pois teu desânimo era visível. Por mais que teu casamento tenha sido fruto de um arranjo repentino e tu não nutrisses sentimentos por teu noivo, rezo diariamente à Nossa Senhora *para que Ela te conceda a dádiva da felicidade. Receio que vivas desenxabida pelos cantos, a lamentar a má sorte e perder o brilho que te torna a pessoa mais iluminada que eu conheço.*

Por isso, és especial. Nem as implicâncias de nossa mãe conseguiram mudar-te, minha efusiva irmã. Desse modo, um matrimônio sem amor não há de apagar tua luz. Torço para não estar a me enganar, pois acredito que hoje tu vivas muito mais livremente do que quando éramos responsabilidades de nossos pais. Que eu esteja certa. A infelicidade de meus amados irmãos causaria em mim um desgosto tão profundo que eu mesma não poderia mais sorrir.

A vida aqui em São Sebastião do Rio de Janeiro é muito diferente daquela que tínhamos em Vila Rica. Tu não imaginas como o oceano é imenso e belo! Há embarcações a se movimentar a todo instante, semelhantes a um bando de gansos a cortar um lago azul e quase infinito. A cidade é grande e opulenta, viva! Ela combina contigo, Belinha, embora tu tenhas a qualidade de te encaixar bem em diferentes cenários.

Estou contente aqui, contudo sofro de saudades da antiga vida, em especial dos momentos que passávamos juntas — você, Efigeninha e eu. Por incontáveis vezes, conjecturo fazer o caminho de volta para uma visita, mas o trajeto é árduo, penoso. Prefiro não me lembrar daqueles intermináveis dias de andança por tal estrada tortuosa. Gostaria de estar aí, por meio de mágica, se possível fosse.

Quanto à vida de casada, nada tenho a reclamar. Manuel é um homem ocupado, mal tem tempo de realizar atividades frugais, como sair para um passeio, o que é perfeitamente compreensível pelo trabalho que exerce. Cabe a mim facilitar-lhe o seu cotidiano, e ele retribui-me sendo um bom marido.

Creio ter me excedido e tomado boa parte de teu tempo, Belinha. Aguardarei com entusiasmo tua resposta. Como não podemos nos ver, que nossas palavras continuem a nos manter unidas, que sejam nossos abraços não trocados e as risadas inaudíveis. Ao menos, saberemos que temos umas às outras.

Mantém-te saudável, minha irmã.

Com amor,

Carlota

P.S.: também escrevi à Efigeninha. É permitido, portanto, revelar a ela que recebeste esta carta.

Estava tudo igual, porém nada era como antes. O cheiro de asseio, as toalhas bordadas por Maria Efigênia cobrindo móveis, Domingas andando de um lado para o outro, o fogão a lenha sempre aceso, espalhando o aroma de uma comida apetitosa, imagens da Virgem Maria e dos santos de devoção de dona Hipólita dispostas em oratórios... O solar não mudara.

Por outro lado, tudo parecia diferente. A ausência de Carlota e suas brincadeiras que pareciam coisa séria, a cada vez mais distante lembrança de Luiz, o vazio no seu antigo quarto, as rugas anteriormente imperceptíveis nos rostos dos pais... A vida seguira.

Um pouco de culpa e um pouco de compaixão atormentaram o estado de espírito de Isabel, que tinha deixado a Fazenda Ouro Verde relativamente temerosa, mas sentindo-se feliz pelo retorno. Não foi destratada, tampouco recebida com frieza. Mesmo dona Hipólita, com toda a sua falta de traquejo, demonstrara afeto pela filha, do jeito dela. A mãe não era de abraços, porém enchera a mesa da sala de estar com tudo o que Isabel mais gostava de comer, uma atitude cativante, principalmente vinda de alguém reconhecidamente seca.

O que a incomodava não estava explícito, nada apontável. Isabel queria muito se livrar dessa sensação, aproveitar o momento em família, trocar confidências com Maria Efigênia, até mesmo se conformar com os olhares desdenhosos da sogra, dona Glória, que definitivamente não tinha Isabel em bom conceito. Se o incômodo passasse...

Entre as mulheres, ela se esforçava para se envolver nas conversas frugais, porque estava concentrada na porta, esperando que Humberto passasse por ela a qualquer instante. Talvez se sentiria mais relaxada quando ele voltasse para perto de si. Ele e Eugênio conversavam a sós no escritório do pai dela havia um bom tempo.

— Tu estás distraída — comentou Maria Efigênia, sussurrando perto do ouvido da irmã. — Tu não te aguentas de tanta curiosidade, estou certa?

O rosto de Isabel demonstrou desentendimento. Absorta, não compreendera a colocação da irmã.

— O assunto dentro do escritório de nosso pai decerto é mais interessante a ti do que a prosa nesta sala.

— Nunca fui dada a superficialidades — desdenhou Isabel, beliscando o cotovelo de Maria Efigênia.

As duas abafaram a risada. Estavam sendo observadas atentamente pelas demais mulheres.

As irmãs de Humberto mal reagiam quando uma questão era direcionada a elas, mas os olhos expressavam julgamento. Dona Glória gostava de se manifestar por ironias. O comportamento das três irritava Isabel e incomodava até mesmo dona Hipólita, que podia ser dramática, mas jamais sinuosa.

— Meninas, compartilhai conosco a razão desses sorrisos encantadores — pediu dona Glória. A voz era mansa, mas a intenção...

Maria Efigênia correu para responder antes da irmã, antevendo uma reação espinhosa da caçula:

— A culpa é toda minha, senhora. Não pude deixar de observar quão ansiosa Isabel parece a esperar por meu cunhado.

Dona Hipólita se remexeu na poltrona, mas demonstrou aprovar a resposta. Já Isabel quis dar um chute no tornozelo da mentirosa. Bem, não que fosse realmente uma mentira.

— Os homens têm vidas atribuladas, sem tempo para caprichos e anseios femininos. Cabe às esposas cuidar para que nada os incomode, inclusive elas mesmas.

As duas Rodrigues mais novas ficaram boquiabertas com a aspereza da fala de dona Glória. Era nítido que a mulher sentia prazer em ser indelicada com Isabel. Nem dona Hipólita poderia negar isso, e interveio, inclusive:

— A julgar pela cor no rosto de meu genro e pelo sorriso franco que não sai daquela face barbuda, ele tem recebido os melhores cuidados da esposa. Devo confessar que, antes do matrimônio, o rapaz vivia um tanto acabrunhado, diferentemente de agora.

— Decerto é o sol do campo que o deixou mais corado — retrucou dona Glória, contrariada. — O menino jamais se deu com trabalhos ao ar livre, todavia a *vida* o obrigou...

Ali estava uma mãe zelosa, mas sem senso crítico. Menino! Um homem feito, dono de si! Isabel lutou para não deixar transparecer o divertimento que o embate entre as matriarcas proporcionava.

— Ora, minha cara Glória, dadas as circunstâncias, as quais não direi em voz alta, de modo a poupar nossas preocupações maternas, a mudança para a fazenda ocorreu em boa hora. Percebo que até mesmo as relações entre o casal se fortaleceram.

Isabel adorava quando a mãe estava no modo galinha choca, defensora ferrenha das crias. Em família, suas críticas eram duras e constantes, mas a transformação, na presença de conhecidos, alegrava muito a caçula. Nesses momentos, ela nem se lembrava da dureza de dona Hipólita.

— Além disso... — continuou ela, pois, quando abria um discurso, dificilmente se continha — ... o senhor meu marido deposita tanta confiança no genro, que entregou a ele a administração de suas mais produtivas terras. Creio eu que tem se saído perfeitamente bem com o trabalho ao ar livre, melhor que o esperado. Aceitas mais uma fatia de broa com queijo?

Dona Glória nada mais disse. Aceitou o bolo, que desceu meio amargo pela garganta. Odiava ser contrariada. Mas a soberba era tamanha que sequer demonstrava a mínima gratidão pela melhoria de vida dela e das filhas, possibilitada pelo casamento de Humberto. Em vez disso, alfinetava a nora. E pior! Na frente da mãe dela!

— Não aprovo a participação de meu filho nesses encontros secretos — resmungou.

Talvez essa fosse a única reclamação que dona Hipólita não pudesse rebater. Sabia disso, então quis se sobressair.

— Conforme tu disseste antes, minha cara, os homens têm vidas atribuladas e o poder de determinar os próprios destinos. Eu não pude mudar a personalidade do sr. Rodrigues, tu também não conseguiste influenciar teu filho. Não é a sina das mulheres aceitar e apoiar?

Maria Efigênia cutucou Isabel, em comemoração silenciosa à atitude da mãe. As duas eram puro deleite. Ir à Casa da Ópera para quê? Dona Hipólita sabia dar o próprio espetáculo.

Mais tarde, cada uma das mães encontrou-se particularmente com os filhos. Ambas não se contiveram a manter as críticas para si mesmas.

— Eu defendo-te na presença daquela senhora cheia de empáfia, porque tu és minha filha, fruto de minha criação. Se ela, dentro desta casa, recebida e servida com a maior consideração, desdenha de ti, compra briga comigo. Quem critica meus filhos condena nossa educação, minha e de teu pai. Como ousa? Ela deveria preocupar-se com aquelas duas meninas descoradas. As coitadas são de uma palidez preocupante. Porém, com uma mãe tão amarga, como sentir ânimo, concordas?

Isabel só quis rir, mas fingiu levar muito a sério o desabafo da mãe. Ser defendida por ela não acontecia com frequência, portanto aproveitou o instante, já que não fazia ideia se ocorreria novamente. Por fim, abraçou-a.

— Obrigada, mamãe.

— O que é isso, menina? — O gesto desconcertou dona Hipólita.

— Nada. Apenas sinto tua falta quando ficamos distantes.

Mesmo desajeitada, a matriarca Rodrigues retribuiu a espontaneidade da filha. Até as criaturas mais rigorosas eram amolecidas de vez em quando.

Em outra parte do solar, os ouvidos de Humberto estavam atormentados pelo falatório de dona Glória:

— Dia após dia, compreendo melhor por que seu matrimônio não me alegrou. Essa família é tão deselegante! Por serem ricos, não, riquíssimos, pensam que podem tudo. Tua esposa é o que é pela educação que recebeu. Meu erro foi acreditar que se tratava de um espírito desviado. Mas não! Puxou à mãe, aquela senhora soberba. A irmã do meio é uma sonsa. Ninguém desses Rodrigues se salva!

Humberto suspirou. Devia respeito à dona Glória, mas não podia permitir seu faniquito, principalmente ali, sob o teto dos seus sogros.

— Por favor, minha mãe, basta! Estás a ser desrespeitosa. Não é digno maldizer as pessoas pelas costas. Pior ainda se o fizer dentro da casa delas.

— Tratam-nos com desdém. Acreditam ser melhores do que nós.

— Não é verdade. Dona Hipólita é uma mulher dura, com suas convicções, mas nada arrogante. O sr. Rodrigues é um homem de valor, um cavalheiro.

— Tu tens a cabeça virada por aquela mocinha. — O nariz de dona Glória estava franzido, demonstrando sua falta de apreço.

— Minha esposa Isabel.

— Aquela que ainda há de te fazer sofrer.

Humberto não deu importância ao mau agouro da mãe, nem perdeu mais tempo dando ouvidos às reclamações dela. Em outra ocasião, conversaria mais seriamente com dona Glória.

O jantar estava prestes a ser servido, e ele esperava que a mãe se comportasse melhor à mesa. Na presença de Eugênio Rodrigues, o homem que possibilitara um conforto maior às Meneses Maia, a educação e o respeito deveriam prevalecer sobre a língua ferina dela.

Antes de se juntarem aos familiares, Humberto e Isabel tiveram uns minutos a sós. Trocaram carinhos, escondidos de todos, e se inteiraram das conversas das quais um e outro não tinham participado.

— A revolução começará no dia da derrama — segredou Humberto. — Tudo está arranjado.

— Chego a sentir uma pontada na altura do estômago.

— Não há garantias de vitória, tampouco desistiremos por medo da derrota. Minas Gerais tem condições de existir sem a presença de uma Coroa controladora. Chegou, portanto, a hora de provarmos nossa força. Tiradentes já partiu para divulgar os rumos da conspiração.

Isabel assentiu. Sua coragem sempre fora uma de suas principais qualidades. Não entendeu por que desejou que nada daquilo fosse verdade. Teve medo, sentimento que não costumava impedi-la de nada. Chegou a confessar sua angústia a Humberto, que a abraçou com ternura.

— Não permitas que tais preocupações te aflijam, meu bem. Chegamos até aqui. Aconteça o que acontecer, sempre seremos conscientes de que defendemos uma causa nobre. Pessoas idealistas como nós sonham um futuro bom a todos. Felicitemo-nos por isso.

O clima em torno da mesa de jantar tinha sido amenizado pela bela refeição servida e pelo vinho, que aos poucos desmanchou o mal-estar das conversas de horas mais cedo.

Falavam amenidades, quando Domingas surgiu. A aparência dela demonstrava que algo preocupante havia acontecido.

— Sr. Rodrigues, há oficiais na porta. Eles exigem falar com o senhor.

O ruído de talheres sendo dispostos sobre os pratos de porcelana, todos ao mesmo tempo, passou despercebido. Não houve tempo para indagações, pois membros do Regimento da Cavalaria não esperaram ser recebidos pelo dono da casa. Antes que Eugênio reagisse, invadiram a sala de jantar com bastante estardalhaço.

O primeiro pensamento que passou pela cabeça de Isabel foi algo banal. *Então é assim que age quem se julga dono da razão?* Porém, a gravidade da ocorrência a colocou frente a frente com a realidade.

— Sr. Eugênio Rodrigues, recebemos informações de que abrigas sob teu teto o traidor que escreve poemas de escárnio escondido pela alcunha de Flor de Minas — acusou um dos Dragões, um sujeito de aparência comum, mas com petulância no tom de voz.

— Traidora, na verdade — corrigiu um segundo homem, sorrindo de maneira sádica. — Viemos levá-la conosco, sob ordens expressas do governador Luís António Furtado de Castro do Rio de Mendonça e Faro, com a anuência de Sua Majestade, a Rainha Dona Maria I.

Eugênio Rodrigues, instantes depois do choque inicial, preparou-se para contestar a ação acintosa dos oficiais. Isabel se amparou em Humberto, que agiu antes do sogro.

— Os senhores estão errados. Não se trata de uma mulher. Vós confiastes nessa ridícula informação? Em que mundo viveis? Mulheres não tomam parte de assuntos masculinos.

— A denúncia nos diz o contrário — retrucou um dos homens, sem muita confiança.

— Pois fostes convencidos por uma falácia. Volto a afirmar: não é uma mulher.

— Ora, senhor, se tu afirmas com tanta veemência que a famigerada Flor de Minas não pode ser mulher, é por conhecer de fato a identidade de tal pessoa.

— Sim.

Isabel previu o que Humberto diria em seguida, mas não conseguiu impedi-lo a tempo. Perdeu a rigidez das pernas assim que ouviu a voz dele, grave e segura, dizer:

— Flor de Minas sou eu.

Capítulo 26

Ter o título de visconde
Não torna ninguém nobre
Por trás da honraria se esconde
Um ser de alma podre

"Ouro de tolo", por Flor de Minas

Isabel caiu nos braços do irmão quando ele passou pela porta do solar da rua São José. Ele chegara uma semana após a prisão de Humberto. Desde então, ela mal comia, não dormia e buscava, junto ao pai, resolver a situação do marido.

Ela não se conformava por ele ter assumido a identidade de Flor de Minas em seu lugar. Por mais que tivesse gritado aos oficiais do Regimento da Cavalaria que, na verdade, era ela a autora dos poemas, que o marido se denunciara na tentativa de salvá-la, não foi levada em consideração. Os Dragões chegaram a hesitar, porém preferiram confiar na palavra de Humberto, afinal, ele era homem. Certamente, fazia mais sentido o que ele dizia.

Humberto deixou o solar algemado. Encaminharam o jornalista para a Casa dos Contos. Era tudo o que Isabel e família sabiam. Ninguém tinha conseguido apurar nenhuma outra informação, a não ser que ele permaneceria detido até que a Coroa decidisse seu destino.

Dona Glória, conforme havia profetizado, acusou Isabel de arruinar o filho. Berrou na presença dos Rodrigues que viveria para provar que a traidora era a nora, a quem amaldiçoava a partir daquela noite. Partiu em seguida, ao que tudo indicava, de relações cortadas com os sogros de Humberto.

A rua São José se encheu de curiosos. Não houve quem não parasse em frente ao solar para acompanhar o desenrolar dos fatos, cada um defendendo as mais diversas teorias, afinal, a família Rodrigues era um símbolo de Vila Rica. Um escândalo envolvendo seus membros era um acontecimento e tanto.

Eugênio Rodrigues não permaneceu em casa depois que os oficiais levaram Humberto. Foi dialogar com pessoas influentes, a fim de encontrar uma maneira de reverter a prisão. Ele também se culpava. Não fora corajoso o suficiente para impedir que ele trocasse de lugar com Isabel. O amor pela filha caçula o calou.

Coube a dona Hipólita e a Maria Efigênia ampararem a moça, que, daquele momento em diante, caiu em um estado depressivo nunca visto antes por nenhuma delas. *Culpa ou amor?*, perguntou-se a irmã do meio. E assim permaneceu Isabel, dia após dia, deixando todos a sua volta cada vez mais preocupados. Daquele jeito, ela não só não conseguiria ajudar Humberto, como acabaria doente.

— Vamos, minha filha, coma ao menos mais uma colher da canja. Estás tão fraca. Não posso ver minha menina desistir da vida assim.

Era comovente, mas Isabel não tinha forças para reagir.

— Eu sou a culpada por tudo, mamãe. Fui inconsequente, conforme dizia a senhora. E dona Glória está certa sobre mim. Arruinei a vida do filho dela, do homem que eu amo.

Foi uma declaração tocante e inesperada. Porém, pelo estado de Isabel, era óbvio que todo aquele sofrimento não podia ser somente culpa. Dona Hipólita e Maria Efigênia trocaram olhares que diziam *não sabemos como, mas, afinal, ela se apaixonara pelo marido.*

A chegada de Luiz a Vila Rica se deu em meio ao caos. Mas ele já tinha ouvido rumores durante o trajeto do Rio de Janeiro a

Minas Gerais, portanto estava preparado para o que encontrou em casa. Só não imaginava que a situação estivesse tão tensa.

O retorno do filho, após anos longe de casa, era motivo de muita felicidade. Eugênio e dona Hipólita o receberam com lágrimas nos olhos e até mesmo alívio, pois a presença dele fortaleceria a família e, certamente, seria um auxílio na árdua tarefa de salvar Humberto.

— Nós não temos acesso a muitas informações. Sabemos que ele está numa cela, sozinho e impossibilitado de receber visitas. Apesar de ser advogado, contratamos um outro doutor para acompanhar o andamento dos fatos — explicou o sr. Rodrigues.

— Eu gostaria de falar com ele, meu pai. Estou prestes a me formar e acredito poder contribuir com meus conhecimentos legais.

— Claro que sim, Luiz. Porém, tu sabes, as leis só valem até certo ponto. Quem manda mesmo é a Coroa. Obviamente, como advogados, vós tendes competência para convencer. Basta rezar para que o governo queira ouvi-los.

A parte prática era discutida com o pai, mas Luiz também cumpria o papel de consolador e amparador para Isabel. Mais cedo, ao vê-lo pela primeira vez, ela pouco tinha dito. Alegrara-se porque o irmão estava ali, em um momento tão delicado, como se tivesse adivinhado que ela precisaria dele. Em seguida, Isabel se culpou pelo instante de felicidade, voltando a se fechar.

Luiz deixou que a irmã lidasse com a dor como queria, mas só por um tempo. Naquele mesmo dia, mais tarde, ele voltou ao quarto de Isabel, disposto a tirá-la do torpor.

— Eu vi nascer uma menina que em nada se assemelha a essa, entregue à tristeza. Tu acreditas que definhar ajuda de alguma forma? Muito me admira esse teu estado, Isabel. Humberto escolheu assumir a identidade de Flor de Minas. Tu não pediste, tampouco o obrigaste. Portanto, a culpa não é tua. Basta de te fazeres de mártir!

A abordagem direta do irmão a ofendeu.

— Que mártir, Luiz?! Enlouqueceste?

— Ah, já que me enganei quanto a esse ponto, peço-te perdão. Contudo, não retiro as demais palavras. Sai desse quarto e vamos lutar juntos. A Coroa portuguesa tem o critério de levar homens brancos a julgamento, ou seja, é provável que não o condenem à revelia.

— Revelia? O que é isso?

— Na ausência do réu, sem que ele seja ouvido. Assim sendo, precisamos trabalhar. Chorar, lamentar, atribuir a ti mesma a culpa, nada disso ajuda Humberto.

— Tu não me entendes, Luiz...

— Pois eu te entendo perfeitamente, querida irmã. Tu o amas, e o amor faz sofrer. Saber que teu marido, a quem tanto ama, corre riscos, afeta teu estado emocional. Compreendo isso muito bem.

Isabel se empertigou na cama. O irmão podia ser tão franco — e duro — quanto a mãe, porém não deixava de ter razão.

— O que eu não entendo é tua inércia. Age como se não fosses a Isabel que conhecemos desde pequena, impetuosa, destemida, dona de si. Em que fase da vida tu perdeste teu vigor?

— Assim tu me magoas, Luiz.

— Absolutamente! Eu desejo que tu enxergues a situação com clareza. Faz algum sentido ficar deitada nesta cama noite e dia? Isso auxilia Humberto de alguma maneira? Não, certo?

O rosto dela se umedeceu pelas lágrimas incontidas, escorrendo gota a gota, silenciosamente. Luiz a abraçou. Odiava ver a mais corajosa das irmãs naquele estado.

— Quando eu soube que tu arrumaste trajes de menino para vagar pelas ruas a distribuir teus poemas no escuro da noite, eu ri, ri muito, Isabel.

Ela o empurrou para verificar se ele estava sendo verdadeiro.

— É verdade! Ri de perplexidade e orgulho. Tu jamais agiste como uma mulher comum, nem nos tempos de menina. Mamãe corria atrás de ti com aquela vara de marmelo a caçar tuas pernas finas.

A memória do passado fez Isabel sorrir.

— Raramente ela me alcançava.

— Porém, quando te pegava, fazia-te pular. "Não, mamãe, não me batas! Não farei isso novamente." Mentia sem um pingo de remorso, pois, cedo ou tarde, voltavas a fazer tuas traquinagens.

— Pobre mamãe...

— Não! Eu discordo de ti. Tu costumavas ser criativa nas brincadeiras, uma criança inteligente, pouco compreendida por gente simplória. Não tenhamos piedade de nossa mãe.

Isabel não estava tão certa disso. Era mesmo levada, sem medo das consequências.

— Por que voltaste ao Brasil logo agora, Luiz? — questionou.

— Conforme eu disse na última carta, soube que os ventos poderiam mudar a qualquer momento.

— Tu não escreveste isso.

— Não com essas palavras, mas deixei nas entrelinhas que sabia de algo. A sedição dá agora um passo determinante. Penso que seja meu dever estar aqui.

— Obrigada por vir.

Luiz tomou as mãos da irmã e as apertou com ternura.

— Quem assume uma causa precisa entender que sempre haverá consequências. Nosso pai, Humberto, tu, eu... todos nós escolhemos viver perigosamente. Não será esse o primeiro percalço, nem o único, Isabel. Sejamos fortes porque há uma longa batalha pela frente.

Um dia foi dando lugar a outro e a outro, ao mesmo tempo em que as informações sobre o jovem poeta preso ficavam mais e mais escassas. Em Vila Rica e adjacências, circulavam boatos, que ganhavam contornos cada vez mais sensacionalistas à medida que passavam de boca em boca.

“O tal Flor de Minas é genro do sr. Eugênio Rodrigues. Dizem que ele deu um golpe no velho. Fingiu-se de bom moço com a certeza de se casar com a menina mais moça, então, tomou a maior fazenda da família para si. Ô, homem astuto!”

“Ouvi que o governador quer a cabeça dele. Planejam enforcá-lo lá no meio da praça, na presença de quem estiver disposto a ver.”

“Não entendo… Eu li muitos dos poemas do tal Flor de Minas. A qualidade é tão questionável, que ninguém deveria se importar. Eu sentiria vergonha no lugar dele. Falta muito talento para se tornar um grande poeta.”

Também havia quem o defendesse e fosse solidário à família Rodrigues. Essas pessoas, na verdade, eram a maioria.

“Absurdo o que fazem com o genro do sr. Rodrigues, o mais ilustre homem destas cercanias. Bastava que repreendessem o poeta ou até que o obrigassem a viver afastado de Vila Rica.”

“O governo apenas prova que as palavras de Flor de Minas estão carregadas de razão. Maledicências só incomodam quando têm procedência.”

“O problema maior, no meu modo de ver a situação, é que o sujeito envolveu a igreja em suas críticas. Existe muito religioso graúdo a desejar o pior para ele.”

A falta de notícias sobre Humberto abriu precedente para o surgimento de um boato mais sério.

“Os sinos da igreja de São Francisco tocaram hoje de manhã. Alguém sabe por quê? Não soube da morte de nenhum morador daqui.”

"É provável que seja Humberto de Meneses Maia. Faz dias que o levaram preso e não dão sinal de sua vida."

"Eu aposto que o mataram."

Não demorou nada até os rumores chegarem ao solar da rua São José e à casa da família de Humberto. Alvoroçados, despencaram todos eles para a Casa dos Contos, embora não tivessem recebido autorização para entrar. Dona Glória, no papel de mãe, cobrava explicações aos gritos, no meio da rua, bem na porta principal do órgão público. A agitação atraiu curiosos. Rapidamente, instalou-se o caos.

Eugênio e Luiz, mais diplomáticos, conseguiram um momento de conversa reservada com um oficial.

— Não tenho permissão para informar as condições do homem. — Ele reduziu o tom de voz, dando a entender que ultrapassaria um pouco os limites impostos por seu cargo. — Aconselho que procurem gente do alto escalão, gente influente mesmo. Caso contrário, será tarde demais.

Tudo levava a crer que Humberto ainda estava vivo, o que não era suficiente para convencer Isabel. Enquanto não tivesse provas sólidas, permaneceria duvidando de tudo — e definhando de preocupação e culpa. Porém, já não passava mais o dia prostrada na cama. Participava das reuniões do pai e do irmão, muitas vezes com membros do movimento de independência, sem que fosse julgada por estar entre eles. Conquistara esse espaço pela piedade dos homens. Que fosse! E, ao anoitecer, quando o solar silenciava, Isabel escrevia ferozmente. Então, seus poemas tinham um teor ainda mais acusatório, apesar de não alcançarem nenhum leitor.

Se não estivesse sendo vigiada dia e noite, Isabel faria ressuscitar Flor de Minas, causando choque em toda a capitania. Se terminasse presa, pelo menos saberia o que de fato houve com Humberto. Mas a vigília era ferrenha. Nenhuma alma dentro do solar perdia a moça de vista, caso contrário ela escorregaria pelas gretas, feito sombra na noite, como antes.

Raiva e revolta alimentavam Isabel, que, enfim, desistiu de desistir. Ao saber do conselho dado pelo oficial e da consequente decisão tomada por Eugênio e Luiz, foi taxativa:

— Irei junto, e não tentai me impedir. Aqui não ficarei. Devo a vida a Humberto, portanto colocar a minha em risco é nada comparado ao que ele passa, ou passou.

A última palavra soou trêmula. Ela não queria pensar no marido no passado, embora, às vezes, fosse difícil não ser tomada pelo pessimismo.

— Será um árduo caminho, Isabel — afirmou Luiz, ciente de que aquela batalha já estava perdida.

— E qual caminho não é pedregoso? Prefiro enfrentar os perigos da longa jornada a ficar nesta casa, cuidada como uma peça frágil.

— Aviso-te de antemão: serão cerca de duas semanas de viagem. É penoso até para um viajante acostumado.

Mas Isabel deu de ombros. Apesar de sentir náusea a ponto de desejar morrer, dois dias após aquela conversa, ela se despedia dos pais e de Maria Efigênia, acomodada em um coche rumo à capital, São Sebastião do Rio de Janeiro.

Capítulo 27

Daqui a muitos e muitos anos
Quando o presente se tornar história
Hão de saber quão cruéis foram
Os falsos senhores destas terras

"Registros", por Flor de Minas

Em quinze dias, muitas coisas poderiam acontecer. Não havia a menor garantia de que aquela viagem ao Rio de Janeiro terminaria bem-sucedida. Na opinião de muita gente pensante de Vila Rica, incluindo a maioria dos conjurados, tratava-se de uma jornada inútil. Uma carta bem redigida bastava, e isso tanto Isabel quanto Luiz sabiam fazer melhor do que quase todo mundo.

Os Rodrigues discordavam. A carta demoraria as mesmas duas semanas para chegar às mãos de seu destinatário e outras tantas mais até a resposta ser lida por seus interessados em Vila Rica. Pelo menos um mês entre ida e volta. Teria Humberto todo esse tempo?

Joaquim José da Silva Xavier, provavelmente o conjurado que mais conhecia as rotas que ligavam pontos importantes de Minas Gerais, além de Minas Gerais a outras capitanias, não só apoiou a decisão de Eugênio e de seu filho, como desenhou um mapa do trajeto mais curto, segundo sua experiência.

Sendo assim, feitos todos os arranjos apressadamente, uma pequena expedição partiu para a capital, com a esperança de conseguir uma solução definitiva para o problema de Humberto

— na hipótese de ele ainda estar vivo — e, quem sabe, reduzir um ou dois dias de viagem.

O percurso foi mesmo muito árduo, a começar pelos enjoos de Isabel, que mascava alfavaca com a intenção de reduzir o desconforto, o que não era tão eficiente assim. Não foram poucas as ocasiões em que saltou apressadamente do coche para vomitar. Às vezes, só dava tempo de colocar a cabeça para fora. Um sofrimento! Mas Isabel não reclamava. O mal-estar era a sua penitência por estar livre no lugar de Humberto, uma penitência bem suave perto do martírio de estar encarcerado — ou, pior, morto.

Houve momentos de deleite também. Impossível não se encantar pelas paisagens ao longo de todo o caminho, entre montanhas e matas, nascentes e cascatas, montes de pedra e despenhadeiros. Muitas vezes, precisaram contar com a natureza para se defenderem de riscos naturais e humanos. De temporais a encontros com grupos de indígenas nômades, os chamados coroados, cada trecho da estrada apresentava uma novidade diferente, nem sempre bem-vinda.

Em uma das noites, quando apearam em um vilarejo à beira da estrada e pernoitaram em uma hospedaria de procedência duvidosa, por pouco não foram assaltados por um grupo de bandidos que viu, no coche, o sinal de que os viajantes eram pessoas abastadas. A salvação deles foi o fato de o líder do bando, um facínora cruel, mas influente, ter descoberto que as duas pessoas mais importantes da caravana eram conhecidas de Tiradentes, com quem o perigoso bandido mantinha boas relações. Seu nome? Atendia pela sugestiva alcunha de Roupa Nobre.

Riscos como esse enchiam os irmãos Rodrigues de dúvidas quanto ao sucesso da empreitada. Chegariam vivos ao Rio de Janeiro? Isabel constantemente se questionava. Luiz, por sua vez, mais acostumado ao percurso, era um pouco mais otimista, embora também temeroso. Hospedarias não raramente cheias de pragas, como carrapatos e percevejos, noites sob tendas armadas ao relento, sujeira acumulada, a ponto de o organismo se enfraquecer, cada um desses problemas, sozinhos ou somados, servia para mostrar a todos que não seria fácil, que não havia nenhuma garantia de vitória ao fim.

Mas tentar era a única alternativa.

Houve um determinado dia em que Luiz caiu doente. Começou com ânsia de vômito, depois, veio a febre. A princípio, apavoraram-se. E se fosse a danada da maleita? Isabel ordenou que fizessem uma parada em um vilarejo. O irmão estava fraco. Precisavam cuidar dele antes de prosseguir. Um curandeiro apareceu. Tratava-se de um ancião indígena, que não falava uma só palavra em português, mas entendeu o mal de Luiz assim que botou os olhos nele. Com a anuência de Isabel, o velho executou seu ritual. Primeiro bebeu um líquido, que o deixou em estado de transe. Então, evocou, em sua língua, espíritos ancestrais. Em seguida, queimou plantas e ervas, e jogou as folhas secas sobre o corpo de Luiz.

Caso estivesse presente, dona Hipólita talvez não aprovasse o método do pajé, alegando ser algo contrário à religião que professava. Para Isabel, o sentimento era o oposto do pensamento da mãe. Não só respeitava, como admirava os conhecimentos ancestrais dos povos, nativos ou de origem africana.

De modo que as palavras não foram fundamentais para o entendimento mútuo, o ancião orientou, ao final do ritual, que Luiz bebesse bastante água e garantiu que ficaria bem em breve. Isabel obedeceu e confiou.

E não era maleita. No dia seguinte, o irmão amanheceu melhor, pronto para seguir viagem, mas não sem antes irem ao encontro do pajé para lhe agradecer. Crianças da aldeia rodearam Isabel, que recebeu uma figura esculpida em madeira para dependurar no pescoço. Ela não sabia, mas se tratava da imagem de um espírito da floresta, um ser protetor, segundo a crença daquele povo.

Coincidência ou não, depois desse acontecimento, a viagem transcorreu sem mais problemas graves. O último percalço foi somente geográfico: a descida da serra de Xerém e o percurso de doze quilômetros em rios, cujo embarque aconteceu no porto de Pilar do Iguaçu, em um barco a vela, que navegou, depois, pela baía de Guanabara, e fez, então, uma escala na Ilha do Governador, finalmente terminando no Cais dos Mineiros, já na capital da Colônia.

Exauridos, os viajantes viram as esperanças serem renovadas com a visão magnífica da cidade do Rio de Janeiro se descortinando diante de seus olhos. Isabel, que qualificava as montanhas de Minas como obras divinas de muito bom gosto, mal acreditou na exuberância daquele lugar. Desconfiava de que talvez não existisse, em qualquer outra parte do mundo, local mais belo que São Sebastião do Rio de Janeiro.

Manuel, marido de Carlota, recebeu os cunhados no cais. Notando o abatimento físico de ambos, deixou as perguntas para mais tarde, tão logo se sentissem mais fortes. Além disso, a esposa aguardava ansiosamente os irmãos, dos quais sentia uma saudade infinita.

— Carlota está eufórica, a despeito do momento crítico — disse Manuel, o tempo todo muito gentil com ambos, principalmente com Isabel, que passou a ter outra opinião sobre o marido da irmã. No passado, julgara-o mal.

De fato, a primogênita dos Rodrigues estava quase com metade do corpo para fora da varanda do elegante sobrado onde morava com o marido. Estava de vigília, não querendo perder o exato instante da chegada de Isabel e Luiz. Os dois a viram pela janela da carruagem, o que causou um breve momento de comoção entre os já fragilizados Rodrigues. Isabel não deu conta de refrear as lágrimas. O irmão apertou suas mãos.

O encontro inflamou mais ainda as emoções. O laço que os unia, mesmo vivendo distantes uns dos outros, era admirável.

— Falta apenas Efigeninha — lamentou Carlota, que teve dificuldade de se afastar dos irmãos, apesar de apenas pelo tempo que levaria para se banharem.

Ela acabou ajudando Isabel, cuja aparência era de alguém que não vinha se alimentando direito. Ao vê-la sem as roupas, antes de entrar na banheira de água morna, notou as costelas aparentes, os ossos dos ombros pontudos. A caçula sempre foi franzina, mas não tanto como nos últimos tempos.

— Notícias de Vila Rica chegaram até nós antes de ti e Luiz — contou Carlota, enquanto lavava o cabelo da irmã. — Porém surpreende-me saber somente agora quem é a verdadeira Flor de Minas. Eras tu o tempo todo?

Todos os ossos do corpo de Isabel doíam. O simples ato de falar lhe causava desconforto. Tinha certeza de que, quando se deitasse em uma cama, dormiria pelas tantas noites insone.

— Sim, Flor de Minas sou eu.

— Enganaste a todos nós, malandra! — Carlota espirrou água no rosto da irmã, que nem assim abriu os olhos cansados. — Ou melhor, o povo todo. O que nossa mãe disse?

— Como tu sabes, fui obrigada a me mudar para a Fazenda Ouro Verde. Antes disso, ouvi as mais cruéis palavras de mamãe. O teto do solar quase caiu, Carlota. Jamais a vi tão brava.

— Prefiro nem imaginar tamanha braveza.

Carlota continuou massageando o cabelo de Isabel, até que a mente dela foi se apagando, como um passarinho dando seus últimos suspiros. Com muito custo, aceitou sair da banheira, antes que se afogasse, e permitiu que a primogênita a preparasse para dormir. Não se lembrava de ter tomado uns goles de chá e comido algumas rosquinhas. Só se recordava de ter sonhado com Humberto, com seu sorriso um pouco de lado, mostrando os dentes bonitos.

Particularmente, os Rodrigues passavam pelo próprio drama. Os conjurados, muitos deles solidários, davam apoio a Eugênio Rodrigues, ao mesmo tempo que aguardavam o anúncio da derrama. Porém, por trás de uma cortina densa, tão volumosa que encobria as desconfianças até do mais desconfiado dos insurgentes, uma ação tomada por puro egoísmo estava prestes a alterar toda a história planejada há tanto tempo e com tamanho cuidado.

"Por que, meu Silverino?", escreveria Tomás António Gonzaga, que conhecia bem o inspirador do criptônimo: Joaquim Silvério dos Reis. Ele era rico, um dos mais abastados de Minas Gerais, além de poderoso. Também fazia conchavos com o segundo escalão dos conjurados, sem ser próximo dos demais. Era alguém que Gonzaga tentava decifrar, mas nunca chegava a uma conclusão sobre seu caráter.

O homem mal dominava a língua escrita, embora tivesse facilidade com os números e uma conversa aveludada — causas de sua entrada precoce no mundo dos negócios. Zanzava com tranquilidade entre o Rio de Janeiro e Minas Gerais. Fizera fortuna aos vinte anos de idade. Colecionava benfeitores e retribuía a todos.

"Por que, meu Silverino?" Tal personalidade volúvel, um homem cheio de amizades estratégicas, intrigava o talentoso Tomás António Gonzaga. Para deixar tudo ainda mais nebuloso, Silvério dos Reis se tornara cobrador das entradas, ou seja, seu serviço era cobrar imposto sobre a circulação de produtos, homens e mulheres escravizados e gado. A vantagem disso? Não pagava à Coroa o valor fixado no contrato de trabalho. Passou anos enrolando o Reino.

Esse mesmo homem, cuja fortuna crescia mais e mais, fora também promovido a militar, tudo à base de conchavos, e não se envergonhava de ser violento sempre que lhe aprouvesse. Acontece que tantos anos de calote renderam a ele uma dívida gigantesca com Portugal. Perdera a boa imagem diante de Lisboa e grande parte de sua fortuna, tudo em decorrência de suas próprias escolhas.

Até que sua sorte deu uma virada novamente. Presente em uma reunião de alguns conjurados, fora colocado a par dos planos contra o Reino, convencido de que, se o levante fosse bem-sucedido, suas dívidas acabariam perdoadas.

"É de extrema importância que tu mantenhas esse segredo", fora orientado.

Pois a existência do controverso Joaquim Silvério dos Reis era a bomba prestes a explodir, apesar de desconhecida. Já que não havia nada mais a perder, entendera que informação também podia ser uma mercadoria das mais valiosas. Por fim, foi ao encontro do temido Visconde de Barbacena.

Como se já não houvesse problemas suficientes com os quais os conjurados precisavam lidar — a prisão de Humberto era um deles —, em breve, a delação de Silvério dos Reis daria início ao começo do fim do movimento que acabaria conhecido como Inconfidência Mineira.

Os nomes de oito dos envolvidos seriam entregues sem remorso pelo maior traidor da história daqueles homens que pensaram demais, tramaram demais, jogaram muito gamão, beberam e fumaram, mas não deram conta de promover, de fato, um levante.

Entrariam para a história, de todo modo.

Manuel Dantas Maciel, de quem Isabel duvidou antes mesmo de conhecê-lo pessoalmente, era um nome influente no Rio de Janeiro e em Portugal, muito por ser filho de quem era, mas também pela carreira que construíra na capital. A decisão de deixar Vila Rica partira de Luiz. A última tentativa de ajuda a Humberto dependia do poder do cunhado e do prestígio da família dele.

Era um tiro no escuro, mas, ainda assim, uma possibilidade. Nem mesmo Eugênio Rodrigues podia garantir que genro e sogro da filha primogênita concordariam em ajudar, fosse livrando Humberto da prisão ou recuperando o corpo dele, caso tivesse sido mesmo assassinado. E os Rodrigues também tinham de considerar o alto risco de acabarem punidos por defenderem um homem declarado traidor pela Coroa portuguesa.

Felizmente, Isabel não era sempre certeira em suas intuições. Agradecia imensamente à vida por mostrar-lhe como estava enganada sobre o cunhado. O homem não só se dispôs a intervir diretamente no palácio do vice-rei, mas deu a entender que abraçava a causa também.

Ela percebeu como formavam uma família de sorte.

Na tarde seguinte à chegada dela e de Luiz ao Rio de Janeiro, Isabel e Carlota usufruíam da companhia uma da outra, sozinhas em casa. Tomavam café na varanda da sala de jantar, de onde se via o oceano.

— Estive enganada em tantos sentidos, Carlota.

— A vida inteira tu foste precipitada — observou a primogênita. — Um afobamento que deixava a todos nós de cabelo em pé.

— Verdade? Estou surpresa com a novidade.

— Ora, não me venhas com esse ar de desentendida. Um de teus lugares favoritos no solar é o alpendre, de onde vês e julgas cada alma que passa por lá. Tu, minha irmã, não tens as pessoas em boa conta, no geral.

— Apenas os controversos.

— Sem palavreado difícil, por favor.

Elas acharam graça.

— Está certo. Perdoa-me a troça. Gostaria de ouvir teu parecer. Por que tu dizes isso, de estares enganada?

O café estava bem quente, então Isabel foi cuidadosa.

— Primeiro peço-te perdão porque julguei mal teu marido; na época, noivo. Manuel é um homem digno.

Carlota riu com vontade, tendo que esconder a boca com o guardanapo de linho branco.

— Disso eu já sabia há muito tempo. Tu não consegues esconder teus sentimentos, nem conténs as palavras dentro da boca. Boba!

— Não zombes de mim! Agora estou a me desculpar. Aceita meu arrependimento em silêncio, pelo amor de Deus.

— Sim, senhora.

— Também estive errada sobre Humberto. — Seu rosto ficou sombrio. — Eu me casei para ser livre e terminei presa ao amor que sinto por ele. Caso esteja morto, parte de mim morrerá junto.

Capítulo 28

Dei um descanso à pena...
Não há tramas sem linha
Muros sem tijolos
Brincos sem pedras
Não há, portanto, poemas sem palavras

"Página em branco", por Flor de Minas

O que seriam dias na capital da Colônia acabou se transformando em semanas de espera, frustrações e expectativas. Nem as belezas naturais do Rio de Janeiro ou a agradável maresia amenizaram as preocupações, que cresciam à medida que o tempo passava.

Por mais que Manuel estivesse se esforçando com afinco, tudo era muito moroso e burocrático. Para que fosse pelo menos ouvido, precisava prometer inúmeras contrapartidas.

O crime de Flor de Minas foi escancarar verdades sem esconder a identidade dos destinatários das críticas. Com isso, ela mexeu com gente muito poderosa, ferindo o orgulho delas de tal modo que acabou elevada à categoria de inimiga da pátria. Bem, não exatamente a autora dos poemas acintosos, mas a pessoa que se sacrificou por ela.

Dias antes de receber a notícia que mudaria os ânimos de Isabel e de todos aqueles que torciam por um final feliz, chegara aos ouvidos dos irmãos Rodrigues, por meio de Manuel, que, por sua vez, fora informado por um trabalhador do palácio do vice-rei, que Humberto estava morto. Segundo a fonte, ele tinha sido esganado por um guarda, que acabou punido por tomar essa atitude sem receber ordens do alto escalão. O homicídio estava sendo mantido em segredo justamente por ter ocorrido dessa forma.

Era o pior desfecho para uma história de injustiça e truculência.

Muito revoltada, Isabel decidiu se entregar, mesmo que não acreditassem nela.

— Não é justo que eu permaneça viva e em liberdade, quando um inocente pagou pela minha covardia — alegou ela, que precisou ser contida pelo irmão e pelo cunhado antes que conseguisse concretizar a decisão.

— E quando este mundo foi justo? Os bons de coração constantemente são penalizados em detrimento da vitória dos maus — filosofou Luiz, também bastante revoltado com o fim cruel de Humberto. — Porém, minha querida irmã, já que não temos almas conformadas, precisamos nos manter firmes na luta, pois só assim será possível que haja alguma justiça no mundo, num futuro próximo ou longínquo, que seja.

— Sê forte, como tu sempre foste, Belinha — implorou Carlota, preocupadíssima com a integridade da irmã.

Diante do estado de Isabel, Manuel entendeu que ele e a esposa deveriam acompanhar os cunhados de volta a Vila Rica. Temiam que a caçula dos Rodrigues sucumbisse à tristeza ou à penosa viagem — ou às duas coisas.

Ela se sentiu grata, além de contente — na medida do possível — pelo gesto abnegado de Manuel e Carlota. Um percurso tão longo não seria algo prazeroso nem almejado. Mas a companhia a fortaleceu, de certo modo.

Recordar-se das conversas com as mulheres da colônia de moradores da Fazenda Ouro Verde ou de vários acontecimentos testemunhados por ela ou narrados por padre Guimarães fez Isabel se lembrar de que havia muito sofrimento para além do seu.

— Humberto não permaneceu na minha vida por muito tempo. Ele entrou por um capricho meu, porque não aceitei o que nossa mãe preparara para mim — disse ela, em uma conversa a sós com Carlota durante uma parada no meio do caminho, para descanso dos cavalos. — Seu destino teria sido diferente, mais promissor, se ele não tivesse se casado comigo?

— Quem há de saber, minha irmã? Acaso temos o dom da premonição? Ou há meio de fugirmos do destino preparado para nós? Humberto não foi forçado a se casar contigo. Se o fez, teve também os motivos dele. Portanto, acalma teu coração. Estou certa de que tua alma, agora atormentada, há de encontrar a paz no futuro.

— O tempo foi curto, quase nada, porém eu o amei, Carlota. Quão maravilhoso teria sido se tivesse-nos sido permitida uma longa vida de união!

Carlota a confortou e também sentiu pena. Se Isabel não tivesse se apaixonado, a dor seria menor, embora forte. Por outro lado, passar pela vida sem amar talvez fosse pior do que experimentar o sentimento por tão pouco tempo.

A volta para casa pareceu mais rápida do que o caminho de ida ao Rio de Janeiro. Por alguma razão inexplicável, os percalços também foram menores. Quem sabe o destino estivesse sendo um pouco mais suave com aqueles viajantes já suficientemente sacrificados?

Em Vila Rica, a informação sobre a morte de Humberto não tinha vazado. No solar da rua São José, nenhuma notícia, além daquelas que já sabiam, chegara antes do retorno dos filhos. Eugênio Rodrigues e dona Hipólita souberam pela boca do genro, que explicou os pormenores das tentativas de salvar Humberto, infrutíferas, no fim das contas.

— Agora, senhor, minha missão é trazer o corpo dele para a família, de modo que seja velado conforme as leis de Deus.

Eugênio não conseguiu esconder seu inconformismo. Com tantas atrocidades cometidas pelo governo, só provava que uma revolução se fazia cada vez mais urgente.

— Humberto foi usado como exemplo — assegurou Luiz. — Sua morte não chegou a ser ordenada, mas a prisão serve de alerta a todos que ousarem blasfemar contra a Coroa ou ir contra o sistema. Se a revolução falhar, meu pai, o Reino caçará com afinco até capturar um a um dos conjurados. Ainda não acabou.

Isabel se deitou entre as flores que ela havia plantado quando se mudaram para a fazenda. O jardim mantivera-se bonito, mesmo durante sua ausência. Diziam que plantas sentiam, assim ela ouvira dizer. Mas as dela não reagiram mal à falta da cuidadora, pois Luena se ocupara dessa função por ela. Todos os dias, antes de começar a lida diária, a moça se dedicava às flores, cuidando bem para que estivessem viçosas e felizes no retorno de Isabel, independentemente de quando fosse.

Naquela manhã de abril, enrolada em um grande xale para se proteger do vento frio que rondava a região desde o começo do outono, ela foi ter com suas preciosas plantinhas, símbolos das poucas semanas coloridas que conseguira viver ali, ao lado de Humberto.

Isabel ia para a cama ao anoitecer e se levantava bem cedo de manhã, lembrando-se do marido e de tudo o que guardava sobre ele na memória, desde o som de suas botas pisando no assoalho, os dentes perfeitamente retos, a barba farta e escura, até a habilidade dele de conectar assuntos sem uma aparente ligação, sua desenvoltura com as palavras, enfim, cada pequeno detalhe que formava o homem que ela ainda amava.

E amarei por todo o sempre.

Voltar para a Fazenda Ouro Verde tinha sido uma decisão dela. Logo no dia seguinte ao retorno do Rio de Janeiro, depois que sua família e a de Humberto souberam da morte dele, percebeu que não suportaria estar em Vila Rica. A sogra só faltou jurar vingança a Isabel.

"Passarei cada dia de vida que me resta a desejar teu mal!" Dona Glória não só disse, como repetiu a sentença, na frente de quem estivesse disposto a ouvi-la. Incluindo Eugênio e Hipólita Rodrigues, que afirmou compreender a dor da mãe.

"Contudo, cara senhora, eu não tolerarei que destrates minha filha dentro de casa. Por favor, é melhor que não nos encontremos mais."

Assim, as relações entre os Rodrigues e as Meneses Maia foram cortadas, apesar da garantia de Eugênio Rodrigues de que não desampararia mãe e irmãs de Humberto, nem depois da morte, caso as moças ainda estivessem solteiras.

Restabelecer-se na fazenda não significava apenas fugir do ódio de dona Glória. Lá, criara laços com mulheres sofridas, mas fortes, com quem Isabel gostava de estar. Também lá, descobrira seu amor por Humberto. Sendo assim, viveria onde suas melhores memórias tinham sido plantadas.

Em meio às flores, ela contemplou o céu. Até o firmamento tinha a mania de contar histórias, fosse à noite, por meio das estrelas, ou de dia, com os desenhos feitos e desfeitos apressadamente pelas nuvens. Será que Humberto estava lá?

Não tinha certeza. Padre Guimarães costumava afirmar que o paraíso não ficava exatamente sobre as cabeças das pessoas. *Ele fica aqui*, e apontava para o coração, onde o marido residiria para sempre.

Ao mudar a direção do olhar, Isabel avistou as irmãs em uma das sacadas do casarão. Nem Carlota, tampouco Maria Efigênia deixaram que a caçula viajasse de volta à fazenda sozinha. Manuel e Luiz tinham ficado para trás, lutando para que o corpo de Humberto aparecesse e fosse entregue à família.

As duas fingiam que não, mas mantinham vigilância sobre Isabel. Ficavam à espreita, embora tentassem disfarçar — sem sucesso. Juraram cuidar dela até que tivessem certeza de que a irmã mais nova daria conta de prosseguir, apesar de ela assegurar que já podia fazer isso.

Talvez fosse verdade mesmo. Ela se amparava na escrita de seus poemas, muitos deles sobre assuntos diferentes agora, não somente críticas. Queria que Humberto se orgulhasse de sua dedicação, em busca de textos cada vez mais únicos, não um amontoado de versos sem estilo, como ele dizia.

Com o passar dos minutos, o frescor da manhã de outono perdeu forças perante o sol, que se firmava imperioso no céu. Era melhor entrar e ir ver as irmãs. Quanto mais tempo Isabel passava sozinha, maiores eram as preocupações geradas.

Carlota e Maria Efigênia bordavam na sala de estar. Na mesa de centro, não faltavam as mais saborosas iguarias, que não só enfeitavam o ambiente com seus formatos e cores, como exalavam aromas apetitosos, estímulos suficientes para provocar o estômago de Isabel.

Ela se serviu de um pedaço de broinha de queijo e uma xícara de café.

— Leite? — ofereceu Maria Efigênia.

— Um dedinho. — Ela provou a bebida quente. Nada mais satisfatório que essas pequenezas prazerosas. — Bonitos bordados.

— Tu queres bordar também?

Isabel negou. Não estava com paciência para a sutileza daquele tipo de passatempo. Além do mais, não era habilidosa. Ainda assim, permaneceu na sala, fazendo companhia às irmãs — ou usufruindo da companhia delas. Pensar na despedida, que uma hora teria de acontecer, partia seu coração, que já não andava inteiro.

Concentraram as conversas em torno de amenidades, evitando esbarrar em assuntos sérios ou profundos. Ora resgatavam lembranças da infância, ora comentavam sobre o tempo. Absortas, demoraram a ter a atenção atraída pelo burburinho do lado de fora da sala de estar, cujo barulho somente se tornou incômodo quando já bem próximo de onde as três irmãs estavam. Eram passos, vozes alteradas, assovios, tudo misturado.

Os bastidores que prendiam os tecidos nos quais Carlota e Maria Efigênia trabalhavam foram esquecidos de lado. As Rodrigues ficaram de pé, sendo Isabel aquela que primeiro se colocou em posição de alerta. O espírito de Flor de Minas se manifestava, combativa como sempre.

E, quando a porta foi aberta e por ela passaram várias pessoas, atropeladamente, coragem e braveza evaporaram, junto com a consciência de Isabel, que caiu desmaiada no meio da sala.

Capítulo 29

Esperança não é verbo
Porém esperançar, sim
Esperancei e hei de esperançar
Enquanto houver estrelas no céu
E faíscas no meu olhar
Minhas esperanças hão de ser eternas

"Não acabou", por Flor de Minas

Trituraram uma cabeça de alho e fizeram Isabel sentir seu cheiro forte. Só assim ela recobrou a consciência. Estava deitada no sofá da sala de estar, rodeada de pessoas preocupadas com sua reação, jamais ocorrida antes. Havia enfrentado tantos perigos, mas foi ter seu primeiro desmaio naquele momento de descanso, em casa.

Com razão! Em sua vida, ela nunca tinha lidado com emoção maior. Nenhuma pessoa na posição de Isabel teria reagido diferente, afinal um homem dado como morto se personificara diante dela, sem a barba, mas definitivamente aquele com quem havia se casado meses antes! Ao reabrir os olhos, ainda um pouco lentos, um pouco embaçados, ela estava certa de que precisaria prestar explicações pelo mal súbito causado por uma alucinação. Humberto não poderia estar naquele cômodo pela simples e triste realidade de que havia morrido dentro de uma cela na Casa dos Contos.

Verdade?

Isabel inspecionou rosto por rosto. Viu Carlota e Maria Efigênia, Luiz, o pai e a mãe. Manuel também compunha o grupo. Até aí, nada de mais, embora não soubesse que eles apareceriam para uma visita ou por outro motivo.

Então, avistou Humberto, sem barba. Piscou, porque não fazia sentido algum, mas a imagem dele não desaparecera.

Ao mesmo tempo, todos começaram a lhe encher de perguntas, querendo saber como se sentia. Isabel não pôde dar respostas, não verbalmente, pois o calor da testa do marido tocando a sua mudou toda a perspectiva do fato. Ela sentiu.

— Ah! — Arfou.

— Sou eu, meu bem. Estou aqui — disse ele, soprando as palavras no rosto da esposa, ainda atônita. — Estou aqui e vivo.

— Como? Meu Deus...

A família se afastou, deixando que os dois conversassem a sós. Carlota e Maria Efigênia também queriam muito entender o que acontecera. Ouviriam explicações tão logo estivessem longe da sala. Isabel e Humberto precisavam daquele instante só para eles.

— Disseram que tu estavas morto. — Ela se acomodou melhor no sofá, sentando-se para vê-lo com mais facilidade. — Faz semanas que estou a sofrer, pela culpa, pela perda, por ti...

Humberto a apertou nos braços.

— A prisão foi um martírio, é verdade. Era fria, escura. Tratavam-me com pouca comida e apenas me davam água uma vez ao dia. Se o inferno de fato existe, eu o conheci em vida.

Um soluço escapou da garganta de Isabel. Não adiantou segurá-lo.

— Não chores, meu bem. Vê, estou bem. O que vivi naquela cela fétida não foi nada comparado à certeza do teu sofrimento do lado de fora. Os oficiais torturavam-me com notícias tuas. Eu sabia que me procuravas, que buscavas informações. Sabia do teu desespero. Isso foi o mais difícil para mim.

— Por quê? Por que te entregaste em meu lugar?

— Ora! Acaso sequer pensaste que eu não o faria? — Ele afagou o rosto dela, removendo as lágrimas teimosas. — E faria novamente, se preciso fosse. Amo-te.

Eles se beijaram, beijos cheios de amor e saudade.

— Tiraste a barba...

— Ela cresceu a ponto de se tornar imunda. Eu jamais apareceria em tua presença feito um bicho.

— Bicho ou ser humano, o que importa? Estás aqui! É um milagre! Mal consigo crer! Devo dormir? Quando acordar, ainda estarás ao meu lado?

— Enquanto tu me quiseres por perto, sempre estarei contigo.

Isabel se aninhou em Humberto. Havia tantas indagações, tantas dúvidas, mas nenhuma delas era mais importante do que sentir os batimentos do coração do marido em harmonia com os dela. As perguntas podiam esperar. A ânsia por ele, não.

Festejaram pelo resto do dia a sós e, depois, na companhia dos familiares. Celebraram com muita comida e bebida, risos e abraços, demonstrações de afeto efusivas, incomuns entre os Rodrigues nos tempos passados. Até dona Hipólita se permitiu desfrutar daquela felicidade, não tão intensamente como os demais.

Quando a lua já estava alta, os quatro irmãos e os cunhados, contrariando o gosto da matriarca, reuniram-se com os colonos no terreiro da vila, onde acontecia uma festa embalada pelo som de tambores e outros instrumentos musicais. Os mais animados se juntaram à dança. Os outros se contentaram em observar.

Alegria revigora a alma, faz desaparecer até as rugas dos cantos dos olhos, aquelas, frutos de muitas preocupações. Naquela noite, nada os impedia de expurgar todo o sofrimento que rondara a família por dias que pareceram não ter fim.

Depois da festa, que havia ido madrugada adentro, foram dormir com o coração e a cabeça leves — também por conta do álcool —, exceto Isabel e Humberto, que preferiram passar a noite em claro, rememorando os momentos de intimidade com os quais tanto sonharam nos tempos de separação.

Mais tarde naquele dia, sem conseguirem se afastar, ele contou a ela toda a história, desde a prisão, até o dia em que tinha sido libertado.

— Não sei até hoje quem delatou Flor de Minas. Certo é que eu estava prestes a ser transferido para a capital da Colônia. Iria a julgamento. A Coroa intencionava condenar-me de maneira *justa*. Após a sentença, meu destino seria o exílio, não a morte. Tudo já estava planejado.

— Eu iria atrás de ti, onde quer que tu estivesses.

— Sei que sim. És brava e destemida, feito onça na mata.

Isabel se aconchegou ainda mais no corpo do marido, que revelou como acabara livre do destino que o governo havia escrito para ele:

— Manuel não sabia, porém, que a atuação dele junto ao vice-rei, com o auxílio de seu pai, homem de grande influência na capital e em Lisboa, foi determinante para que hoje eu esteja bem aqui, contigo.

— Serei eternamente grata aos dois. Jamais criticarei meu emproado cunhado novamente.

— Eles terão minha eterna gratidão, assim como tu e Luiz. Sei quão penosa é a viagem ao Rio de Janeiro, mas vós fostes até lá, por mim.

— Faria aquele trajeto quantas vezes se fizesse necessário.

— Tenho pena de meu cunhado. — Humberto fez suspense, deixando Isabel intrigada.

— Por que motivo?

— Tu és dada a enjoos. Imagino quantas vezes saltaste do coche para vomitar.

Rindo, Isabel o atacou com cócegas. As cócegas viraram abraços.

A lua se despediu da noite, enquanto os dois cumprimentavam o amanhecer ainda nos braços um do outro.

E assim seria, por muito tempo ainda...

Epílogo

Joaquim Silvério dos Reis delatou oito conjurados ao Visconde de Barbacena, no dia onze de abril de 1789, a fim de conquistar a confiança do governo e se livrar das pendências com a Coroa. Vendeu conhecidos, incluindo Tomás António Gonzaga, com quem fora especialmente cruel, afirmando que, além de cabeça do movimento, tinha sido de quem partira a decisão de decapitar o governador. Ser citado nas *Cartas chilenas* transformara o poeta em um grande desafeto seu.

O delator não incluiu Tiradentes entre os líderes, mas deixou claro que o alferes trabalhava fortemente para o movimento, tendo aliciado inúmeros Dragões.

Eugênio Rodrigues não foi citado por Silvério dos Reis, tampouco Humberto de Meneses Maia.

Sua decisão de alcaguetar membros do grupo acabou com as chances da sedição de ter sucesso. O restante da história, todos sabem.

Joaquim José da Silva Xavier foi preso em maio do mesmo ano. Três anos depois, enforcaram-no no Rio de Janeiro.

O movimento, hoje conhecido como Inconfidência Mineira, nascido da revolta, sobreviveu como ideal, mas nunca chegou a se concretizar enquanto revolução. Mas a semente fora plantada. A independência viria alguns anos depois.

Aí, já é outra história.

Agradecimentos

Eu não escrevo um livro sozinha, embora me responsabilize totalmente por tudo o que escrevo, ainda mais quando se trata de um romance com informações históricas. Adoro flertar com fatos do passado, mas reconheço os riscos, afinal, uso a História como base para minhas histórias.

Tenho muito que agradecer, a começar pelas minhas agentes, Lúcia e Eugênia. Elas são as pessoas mais profissionais e pacientes que conheço, mesmo em situações em que me pego no auge da insegurança e da falta de fé em mim mesma. Por confiarem em mim, eu me encho de coragem, de novo e de novo, e prossigo.

Agradeço às minhas leitoras primárias, aquelas que leem o que escrevo em primeira mão. Na verdade, há muito tempo são amigas queridas que a literatura uniu, e cujos corações maravilhosos trataram de nos manter juntas. Aline, Ana Cláudia, Ana Luísa, Janyelle, Mayra, Rafa, Thaís e Vivian, nunca haverá palavras suficientes para eu expressar o que sinto por vocês.

Ao time editorial da Astral Cultural, obrigada por concretizarem meus enredos em livros tão lindos, tão bem cuidados, que são como joias preciosas para mim. Vocês dão cor às minhas histórias.

Também agradeço a todos os escritores e historiadores, a cujos trabalhos recorri para esclarecer dúvidas e conhecer melhor a história do Brasil. Qualquer desvio à verdade cometido nesta obra, responsabilizo apenas a mim mesma. Deixo aqui uma sugestão de leitura que me acompanhou durante todo o tempo de preparação e escrita de *Flor de Minas — O Tiradentes: uma biografia de Joaquim José da Silva Xavier*, do jornalista Lucas Figueiredo.

Para completar, meus agradecimentos à minha família, principalmente a meus filhos, mãe, irmã e sobrinhos (estes passaram parte das férias de janeiro vendo a tia debruçada sobre o enredo), além da minha amiga Sídia. Incentivo e carinho não me faltam por parte dessas pessoas tão especiais.

E se você, leitor desta história, chegou até aqui, sinta-se agradecido também.

Primeira edição (setembro/2024)
Papel de miolo Ivory slim 65g
Tipografias Lora e Geographica
Gráfica Lis